认真做事是合格

用心做事才优秀

"大国工匠人物传"丛书

周建民

与毫厘较劲的蓝领大师

牛文丽◎著

中国工人出版社

图书在版编目（CIP）数据

周建民：与毫厘较劲的蓝领大师 / 牛文丽著.
北京：中国工人出版社，2025. 9. -- ISBN 978-7-5008-8764-5

Ⅰ. I25

中国国家版本馆CIP数据核字第2025QS0919号

周建民：与毫厘较劲的蓝领大师

出 版 人	董　宽
责任编辑	刘广涛
责任校对	张　彦
责任印制	黄　丽
出版发行	中国工人出版社
地　　址	北京市东城区鼓楼外大街45号　邮编：100120
网　　址	http://www.wp-china.com
电　　话	（010）62005043（总编室） （010）62005039（印制管理中心） （010）62379038（社科文艺分社）
发行热线	（010）82029051　62383056
经　　销	各地书店
印　　刷	宝蕾元仁浩（天津）印刷有限公司
开　　本	880毫米×1230毫米　1/32
印　　张	5.5
字　　数	93千字
版　　次	2025年9月第1版　2025年9月第1次印刷
定　　价	49.00元

国之大者，工匠先行

——“大国工匠人物传”丛书总序

在中华全国总工会成立100周年之际，全国总工会宣传教育部、中国报告文学学会、中国工人出版社联合开展了“文艺工作者走基层”活动，推出“大国工匠人物传”丛书，向全国总工会献礼，向广大劳动者致敬！

“知者创物，巧者述之守之，世谓之工。百工之事，皆圣人之作也。”这是中国所见年代最早的关于手工业技术文献《考工记》中对工匠的记载。“工”之责在于造物，“匠”者为能工鼎识者也。

幼时，老家云南昆明大板桥的老街上，从南头到北头，都是大大小小的手艺人，木匠、石匠、焗匠、骟匠、竹篾匠、鞋匠、箍桶匠……空气中飘荡着木匠的刨花香和石匠敲打出来的粉尘，充满着焗匠手中皮带的“吱扭扭”声、骟匠刀下小猪猡的闷哼、箍桶匠皮锤不轻不重的敲击声。老街上的竹篾匠是我的一个表姨夫，他来自四川，有着一手出神入化的编造竹篾手艺。粗壮的毛竹是表姨夫手中的“百万雄兵”，在一把锋利无比的刀的指挥下，被劈成厚薄、粗细不一的篾。表姨夫的本领仅次于撒豆成兵的天神，他能化篾成物，一般家里能见到、用到的器物，他都能用竹篾编出来。母亲曾命我在老街上买一个暖水瓶的内胆，然后去表姨夫的摊位上，坐等他为暖水瓶胆编制一件竹制的外壳。那个暖水瓶至今还在我家老屋的一个角落里。竹篾壳早已被岁月包了浆，虽然久不使用，却依然油润、红亮。这便是我幼时对匠人的记忆。

五千多年的中华历史长河中，涌现出了无数能工巧匠，他们或如明月光照，或如星河璀璨。一代代薪火相传的工匠精神，不仅成就了那些流芳百世的绝世建筑与器物，更是烛照我们通向文明现代化进程的精神之光，是我们文化的自信心、民族的根与魂。

从“嫦娥”探月到“祝融”探火，从“北斗”组网到“蛟龙”深潜，从港珠澳大桥横跨三地到大兴国际机场凤凰腾飞……这些挺起中华民族脊梁的大国重器、世纪工程背后，无不凝聚着万千工匠的心血和汗水，映照着工匠们孜孜以求、拼搏奋进的身影。

本套丛书收录的是全国总工会历年评选出的大国工匠

的人物传记。他们当中有焊接高铁的“工人院士”李万君、打破国外高端设备维修垄断的王树军、让中国锻件立于世界之巅的刘伯鸣、“人刀合一”的顶级钳工李凯军、在高空“穿针引线”的竺士杰、油田里的创新能手刘丽、了不起的“钢铁裁缝”艾爱国、数控机床上的“雕刻师”孟维、让三星堆文物“活”起来的郭汉中……他们有的是传统加工业的锻造者，为了突破技术瓶颈精益求精；有的是新兴制造业的探路者，为了实现精密制造巧思妙想；有的是军工行业的铸剑者，为了打造国之重器默默坚守；有的是民间手工艺的守护者，为了传承非遗文化精雕细琢……他们奋战在国防军工、装备制造、传统工艺等行业的第一线，以久久为功的钻研和创新，造就了一个个传奇。

这些杰出的工匠，尽管行业不同、岗位不一，成长经历各异，但他们都有着爱党爱国、敬业奉献、创新争先的优秀品质。他们耐得住清贫与寂寞，用灵巧的双手和精湛的技艺，数十年如一日地在平凡的岗位上雕琢自己心中的梦想，以实际行动诠释着“执着专注、精益求精、一丝不苟、追求卓越”的工匠精神。“天下大事，必作于细。”工匠精神既是中华民族技艺世代传承的价值理念，又是中国开启新征程，从制造业大国迈向制造业强国的时代需要。

“大国工匠是我们中华民族大厦的基石、栋梁。”2024年3月5日，习近平总书记参加十四届全国人大二次会议江苏代表团审议时强调“树立工匠精神”，指出“没有金刚钻，揽不了瓷器活”，要“把第一线的大国工匠一批一批培养出来”。党的十八大以来，习近平总书记对建设高素质劳动大军高度重视，强调“当代工人不仅要有力量，还要有智慧、有技术，能发明、会创新，以实际行动奏响时代主旋律”，深刻阐述工匠精神“执着专注、精益求精、一丝不苟、追求卓越”的内涵要义，号召全社会弘扬工匠精神，“为全面建设社会主义现代化国家、实现中华民族伟大复兴的中国梦提供有力人才和技能支撑”。

“匠心聚，百业兴。”无论是传统产业，还是新兴产业、未来产业，大国工匠在发展新质生产力的历史进程中不可或缺。随着经济发展方式转型和产业结构升级，中国要实现由制造大国向制造强国的转变，实现由中国制造向中国创造的跨越，离不开广大劳动者的创新和创造，更离不开对工匠精神的继承和发扬，于是呼唤更多大国工匠成为时代强音。

文艺是时代进步的号角，最能代表一个时代的风貌，最能引领一个时代的风气。中国报告文学学会、中国工人出版社联袂推出“大国工匠人物传”丛书，以图书的形式为大国工匠树碑立传，让他们的故事和精神具有更广泛的交流传播价值和长久的史料价值。本套丛书的写作者奔赴大国工匠生活的城市，深入大国工匠工作的厂区、车间、工作室，获取了全面细致的第一手材料，最终将大国工匠的成长、成才故事呈现在读者面前。

“大国工匠人物传”丛书讲述的是个人奋斗史，也描绘出大国工匠的群体形象。可以说，这套丛书是目前国内系统研究众多大国工匠人生轨迹的权威读本，既有对每位大国工匠的整体介绍和事迹梳理，又有具体的事件、案例，全面、生动地展示了大国工匠各个人生时期的工作和生活状态。

新时代是奋斗者的时代，中国式现代化建设新征程这一宏伟事业为广大工匠技能人才成就梦想提供了广阔舞台。每位劳动者都是主角，都可以成为工匠精神的践行者。大国工匠是新时代的最美奋斗者，更是和平年代当之无愧的英雄。

国之大者，工匠先行，向着中华民族伟大复兴的目标砥砺奋进，行稳致远。

是以为序。

目　录

第一章 工匠学院，一堂生动的讲课

长治，山西省辖地级市，地处黄土高原东南缘，东倚太行山，冬天比较寒冷。2024 年 11 月 27 日，入冬以来第一场寒流来袭，气温陡然下降，走出门，有一种刺骨的感觉，大街上冷冷清清，唯有一片片落叶在寒风中飞舞，给苍凉的大地增添了一份美丽和魅力。

在这个寒风与落叶共舞的冬日，周建民正匆匆地赶往火车站，他是中国兵器工业集团淮海工业集团四分厂一名普通的退休钳工，是去山西省总工会工匠学院讲授“周建民操作法”。这已经不是第一次了，一年四季，不论酷暑严寒，他都定期去给企业的钳工及技术骨干授课，且乐此不疲。

11 月 28 日上午，一堂生动有趣的讲课开始了。

“拿着量规，在灯光下检查尺寸，如果刺眼，可以用

周建民在太原工匠学院讲授“周建民操作法”

一张白纸遮挡，采用光隙法，就可以精确测量专用量规的尺寸，相差 0.001 毫米左右，是蓝色的光；相差 0.0015 毫米左右，是红色的光；相差 0.0025 毫米左右，是白色的光……”

“制造行业有句俗话，车工怕车杆，钳工怕打眼，可见打眼钻孔在钳工操作中的难度，如图所示，通过设计的这套小装置就可以轻松地完成这个任务，此装置由五部分组成……这就是异形环内壁钻孔法的应用。”

…………

周建民采用图文并茂的方式，旁征博引，将复杂的知识讲得浅显易懂、便于理解和掌握。他讲到“自检工具的正确使用”时，一边讲“怎样使用正弦规来精密测量角度”，一边把自己工作时正确使用正弦规的录像播放出来，一目了然，学员们全神贯注，听得津津有味。

周建民的讲课方法新颖别致，激起学员们浓厚的兴趣和好奇心，为了进一步加深印象，他在讲授一个方法时，先列出改进前后两种不同的操作方法，然后提问哪一种方式更好，让大家举手回答。有两个工人习惯了老办法，回答说以前的好，他便详细讲解改进后的方法好在哪里，没有改进的方法的弊端在哪里……

学员们听得口服心服，有学员说："以前没有注意到这个问题，以后一定注意！"即使是课间休息的10分钟，仍有学员找周建民探讨，意犹未尽。

周建民对大家说："业有专攻，术有所长，我和大家一样，是一名工具钳工，主要从事专用量规的加工制造，虽然所处的岗位不同，但均从事机械加工，有共同点，咱们应该相互交流学习，取长补短，共同提高。"

周建民谦虚朴实、严谨认真的授课风格，受到广大工友们的欢迎和尊重，大家纷纷称赞说："周师傅讲得很实用，我们回厂后，也要把这些方法传给更多的工友。""周师傅的这个办法好，受此启发，我发现工作中有很多诀窍可以触类旁通。""周师傅讲的真的和别的老师讲的不一样，别人可能讲得更多的是理论知识，周师傅讲的是书本上学不到的内容。"

"周建民操作法"共22种，究竟有何魅力能深深地打动学员呢？

例如，"快速铆接法"大大提升了产品的铆接效率，节省了设备费用，减少了人员投入；"反向研磨法"是通过反常规的研磨加工方法，使尺寸余量小于形位偏移余量的量规成为合格产品的一种方法；"基准转换法"的优势是把不可能变为可能，可以提高加工效率及加工质量；“冷热配合法”是通过加热、冷冻的应用，使过盈连接类量规产生间隙，减少温差传递，从而实现顺利装配的一种方法；“分体加工法”是为了降低制造成本、提高耐用度、便于加工，将其整体分解为两体以上单件的一种加工方法；“同一中心打表勾表法”是将打表方法与勾表方法配合使用，从而降低量规尺寸误差、形状误差对位置精度的影响，提高量规位置精度的一种方法。以上方法实用性强，是工人们在工作中解决所遇难题的“金钥匙”，更是提高工作效率的“一剂良方”，益处多多。

“周建民操作法”在兵工产品中有哪些应用呢？

“周建民操作法”的全名是“周建民专用量规高效加工检测法”，从这个名字中可以看出，它就是针对周建民在自己所承担的工作专用量规生产中所创新的方法。这些内容从2004年开始总结，由最初的一两页到现在的656页，随着时间的推移，还在继续增加、更新。这也是周建民40多年来在生产实践中不断地通过自己的一次次失败、一次次的经验总结，摸索出来的一些方法，目的就是把它留下来，让更多的工人从中得到启发，在以后的工作中少走弯路、少出废品，把工作效率提得更高、产品质量做得更好、成本降得更低，把不可能做成的事，用这个方法把它做成。

“周建民操作法”相继走进中国兵器平原光电集团、中国兵器北重集团、中国航天科技山西清华机械厂、中车永济电机厂等企业，指导培训职工一万多名；走进山西省总工会干部学院、山西机电学院、华北机电学院、长治技师学院等，培训学生两万多人次。除此之外，“周建民操作法”还走进了部队，受众群体越来越多，影响越来越广泛。

淮海工业集团对“周建民操作法”给予高度评价：周建民通过对自己多年来在专用量规制造中的工作经验总结，提炼出具有中国兵器工业集团级技能水平的“周建民操作法”，即制造质量更好、效率更高、成本更低的专用量规的创新方法，对工艺技术操作具有较高的指导和借鉴意义。通过学习“周建民操作法”，可以为技能操作人员、科研设计人员、工艺技术人员等提供一种工作思路，让设计师的非凡创造力变成现实。

周建民总结的操作方法是淮海工业集团第一个以职工个人名字命名的操作法。其中，“专用量规高效加工检测法”于 2008 年在第三届中国兵器工业职业技能大赛技能创

“周建民操作法”走进企业

新竞赛中荣获一等奖，并在兵器工业集团广泛推广，先后应用于7种激光驾束武器型号产品的质量检测，连续20多年保证了该系列产品均一次交验合格；“周建民操作法”于2016年获得山西省大众创业万众创新大赛金奖；“快速收簧装配法”于2023年荣获淮海工业集团工会颁发的“五小竞赛”优秀成果二等奖。在操作法的使用上，周建民发表论文24篇，获得实用新型专利17项。

周建民讲了一天课，虽然劳累，但他嘴角上挂着甜蜜而愉悦的微笑，能够让自己的工作法传播出去，让更多的工人从中得到启发，他怎能不感到欣慰呢！

当天傍晚，周建民坐在从太原返回长治的火车上，望着窗外茫茫大地，思绪飞扬，回首所走过的路，有辛劳的付出，也有喜悦的收获，每一程、每一步都走得踏踏实实，无愧于心，无憾于人生，正是心中之所愿！

周建民从事钳工40多年，完成了1.6万余项专用量规生产制造任务，无一例出现质量问题。面对着种类繁杂、精度等级均在微米级的高精度专用量规生产，他动脑筋、想办法，自制工装、小改小革，先后为我国兵器工业和军民融合事业解决了1100余项棘手难题，创造价值累计3000多万元。他成功试制出包括导弹全形规在内的

“专用量规高效加工检测法”于 2008 年在第三届中国兵器工业职业技能大赛技能创新竞赛中荣获一等奖

“周建民操作法”于 2016 年获得山西省大众创业万众创新大赛金奖

2000余项专用量规，保证了该项目国产化的定型；开了我国火炮发射的精准制导、高效毁伤的智能化弹药研制生产先河……这些成绩背后，无不凝聚着周建民艰难的付出及所走过的艰辛历程。

周建民如果是一本厚厚的书，那么每一个字符、每一行句子都是用心血汗水、勤劳智慧书写的，一页页翻下去，会看到他不一样的人生、感悟不一样的境界，阅之以芬芳，读之以致远。

第二章 少时梦想，长大做个兵工人

1963年2月，周建民出生在美丽的滨海城市山东省即墨县（今青岛市即墨区），父亲是部队的飞行机械师，母亲是一名小学老师。1969年，他跟着母亲随军来到父亲工作的地方——山西省长治市，7岁时在南垂乡小学读书识字，迈出人生的第一步。

周建民的童年时光天真烂漫、充满梦想，他看到父亲用灵巧的双手修理好一架架飞机，让它们得以翱翔蓝天，十分佩服和羡慕。周建民颇有天赋，再加上长期在父亲身边耳濡目染，动手能力比较强，常常试着把机械零件拆了再安装，并兴趣十足，不厌其烦。当时物质生活匮乏，没有什么玩具，周建民就自己做，他把废弃的自行车链子拆开，做成小手枪，其魅力在于“射击”功能，将火柴头推出，随着“啪”的一声脆响，发出耀眼的光芒，这给他带来无尽的乐趣和满足。

周建民渐渐长大了。1980 年，他从长治重点学校太行中学毕业后，如愿以偿地考上长治技工学校。该校建于 1948 年，是华北人民公营企业部兵工局创办的职工子弟学校，具有悠久的历史和光荣的传统，免学费，有粮票补贴伙食费，毕业后还可以分配工作，对于他来说，是一种比较好的选择。周建民怀揣梦想、认真学习，在班里的成绩名列前茅。有一天，周建民穿上父亲的海军军装去照相馆，行以标准的军礼，仰望高远的天空，眸子里充满憧憬和向往，让摄影师给自己拍了一张照片，并兴奋地拿给同学看，说自己长大后要像父亲一样做一名合格的兵工人。

1982 年，周建民技校毕业，老师给他的评语是：该生在校任班委，认真负责，以身作则，团结同学，学习努力，成绩优秀，劳动积极，思想进步。周建民因为各科成绩优异，且专业课在全班是第一名，所以被分配到年轻人

周建民上技校时身穿父亲的海军军装留影

向往的军工企业——惠丰机械厂。

进厂后，周建民做了一名车工。他读技校时，学校注重学生的理论知识和操作技能的培养，上半学期在教室听课，下半学期到惠丰机械厂实习，所以很快便掌握了专业操作技能，并熟知了岗位职责和要求。值得庆幸的是，周建民遇到了技艺精湛、认真严谨的师父田春生，师父的一言一行都对他产生了深刻的影响。单位每天三班倒，师父下午上班，总是提着一盒饭，一直干到第二天早上五六点

周建民（前排左二）于 1981 年和技校同宿舍同学的合影

钟，不但值班时间长，而且脏活累活抢着干，以身作则，吃苦耐劳。周建民开始不明白是什么力量在支撑着师父，随着时间的推移，他终于找到了答案，因为师父是一名兵工人、是一名优秀的共产党员。近朱者赤，周建民也和师父一样，每天早早地来到工房，晚上很晚才离开，跟着师父看书、看图纸、测算，在工具上反复打磨制作，机声隆隆的大工房成了他人生奋斗的新起点。

周建民干了两年车工，无论做什么事都精益求精、力争上游。由于表现优秀，他被师父推荐到对工人考核更严格的量刃具车间，当了一名钳工，从事量具生产。这个车间工人的技术水平在全厂公认最高，所处的位置比较重要。周建民欣然同意了，从此与虎钳、正弦规、钮簧比较仪、标准量块等为伴，开始了又一个新的征程。

进入学徒期，周建民首先需要掌握好划线、钻孔、錾削、锯削、研磨等基本操作技能。而现实往往不尽如人意，研磨量块看似容易，其实很困难，先是用煤油及金刚砂抹在平板上，然后开始研磨尺寸和平面度，可是磨了好几天，还总是两边低、中间高，达不到要求；有时他觉得磨得可以了，结果不合格，拿在手中的量块和放在平板上的温度不一样，达不到量具要求的微米级精度。周建民这才体会到什么是“眼高手低”，什么是难度和艰辛了。师父耐心地指导并鼓励周建民说：“没有好的办法，只有多练，能练上两三年达到标准就不错了。”钳工是纯手工操作，枯燥而单调，因为长时间保持固定的操作姿势，对体力和精力都是很大的消耗和考验。周建民暗暗鼓励自己，坚持住、不气馁！

困难和挫折接踵而至。有一次，周建民加工一套模具，他先用铣车把型腔铣出来，然后手拿一根小油石和一把小锉刀，蘸上煤油，一点一点地打磨尺寸和光洁度，只是清理一个小角，就用了一上午，累得腰酸背痛，最后测试竟然不合格，成了废品，真是费时费力还出不了效果。深受打击、万分沮丧的周建民想到师父干一周就可以生产出合格产品，而自己一个月也做不出一套合格产品。他一度怀疑是不是自己笨，选错了这个职业？

这天晚上，周建民回到家，一脸阴郁和懊恼。知子莫若母，周建民的母亲是一名优秀的教师，知书达理，慈爱善良，何尝不心疼儿子，可是她却说："当个好工人未必不是一种好的选择，不要朝三暮四，要找准自己的定位，贵在坚持，你父亲一辈子不也是一个工人吗？一个普通的工作干好、干到极致，就是一种成功。"母亲坚定的眼神、鼓励的话语，如和煦的春风，吹散了周建民心中的迷雾、坚定了前行的方向。

潘正定是一位经验丰富且负责的老工人，看出了周建民的迷茫和困惑，开导他说："量具的工艺要求很严密，技术性要求强，不允许有一丝一毫的误差，要有耐心，不能急躁。首先，在进行锉削操作时，注意保持锉刀与工件表面平行，避免产生斜面；其次，锉削时用力要均匀，避免产生划痕；再次，研磨时压点要准确，避免尺寸超差；最后，要定期检查工件的尺寸，确保加工精度。总之，只有多练习、多思考，才能不断地进步。”

量具钳工是一个求精讲细的工种，它不仅要求操作者拥有锯、锉、钻、研的基本功，还必须了解金属材质的性能、热处理工艺、机械制图等。也许一个人无法选择自己在某个领域能有多大的天赋，但只要培养这种技能，苦练基本功，就能干成一件事。周建民感到没有捷径可走，只有沉下心来认真研磨，他在磨板上不停地来回研磨量块，往往一站就是大半天，没有喊苦和累。功夫不负有心人，他的研磨水平有了很大的提高。

周建民在工作中深深感受到：前路任重道远，丝毫不能放松和懈怠。有一次，师父有事请假，把一件稍有难度的量具交给他，同时告知他做的方法。周建民觉得没有困难，便爽快地答应下来，按照师父教的方法去做，结果辛苦做了好几天，不但没有成功，而且尺寸公差、形位公差均达不到要求。几天后，师父上班了，来到工房，三下五除二就解决了这个棘手的难题。这件事对周建民的触动很大，看来是不得方法和要领，还得苦练基本功。白天，他跟着师父干活，认真学习师父怎样调试参数、处理技术难题、摆布工艺；晚上，他挑灯夜战，查看有关书籍，分析失败的原因，自我加压充电，努力向未知的技术领域深耕求索。

潘师傅是一个踏踏实实、做事认真的人，做一件事，不做则已，要做就一定做彻底，不留遗憾。除了吃苦耐劳，潘师傅还有一项长处——善于总结，他把在工作中遇到的问题及解决的办法记在本子上，渐渐积累了许多经验和心得体会。潘师傅看周建民勤奋努力，便进一步引导他，要先分析失败的原因，再总结成功的经验，好记性不如烂笔头，经验要及时地记录在本子上。潘师傅还把自己多年来记满经验的笔记本及看过的书籍送给了周建民，以便周建民从中得到更好的启发。

周建民在师父的悉心教导及自己的刻苦努力下，三年后，脱颖而出，成为技术骨干。师父对周建民很满意，每当加工新的量具时，都会对他说："你来吧！"周建民总是不负所望，每次都圆满地完成任务，交上满意的答卷。

20 世纪 80 年代末，工厂大干民品，抽调周建民去支援。在那些寒风刺骨的日子里，他吃住在工房，深夜加班后，困了，就把纸板铺在地上，盖上棉门帘，和衣而睡，

潘师傅留给周建民的书和笔记本

第二天早晨，天还没亮，就起来继续工作；饿了，就啃一块干馒头，喝一杯白开水。一个多月后，当任务完成后，周建民走在回家的路上，面对所居住的惠丰社区，突然有了一种恍惚感，仿佛到了一个从没有到过的陌生地方，但又是那么的熟悉和亲切。

“我要做一把手钳，在困境中磨炼自己。”周建民每天忘我地工作，研磨量具时，他的手皮往往会随着零件一起被磨掉，流血了，因为用创可贴包裹止血会影响到手感，特别是对于非常薄的量具，手感掌握不好，用劲大了或者小了，都会导致变形，进而影响产品的质量，所以只好忍痛继续研磨。时间久了，周建民的双手长满了老茧，手纹磨没了，大拇指因按压导致关节变形能外翻 90° 。勤学苦练出精品，经过周建民制作的每一件量具产品，都是大家公认的“放心活”。

1990 年，周建民由于表现优秀，具备扎实的钳工技术知识和丰富的工作经验，被车间任命为钳工组组长。

第二章 苦累不言，技艺超群担重任

关于一线工人，有人仍认为，三点一线的工作模式，日复一日、年复一年机械性地重复着同样的劳动，枯燥、单调、乏味，每天做同一件具体的事，不用考虑繁杂问题，只需要出汗出力，即可完成任务。

周建民作为一线工人，却颠覆了以上传统认知，他有着自己的认识：工作中遇到问题，不能等、不能靠，多思考、想办法，化不知为有知，才是一名合格称职的工人。特别是当今社会，新的问题不断出现，只有具备创新的思维和良好的素质，才能与时俱进，适应社会的不断发展。

“天下难事，必作于易；天下大事，必作于细。”周建民对所做的工作始终存有一种敬畏之心，经过勤学苦练，他在蒙眼状态下研磨的量具精度能达到0.001毫米。冰冻三尺非一日之寒，骐骥千里非一日之功。他用自己的勤奋和努力创造了“微米级的周氏精度”。

周建民所在的钳工组可以说任务繁重，单位只要引进新产品，就要先生产量规，“兵马未动，粮草先行”，量具就是“先行官”。这需要在一定的时间内，研制出多种量规，多的时候需要上千种，来检验产品的加工是否合格，然后生产车间再进行批量生产。这往往是周建民和工友们最忙的时候，起早贪黑、加班加点，确保任务完成。

1993年，国家成功引进了第一个激光驾束炮射武器系统。作为总师单位，惠丰机械厂面临着工艺图纸不全、国内专用和非标设备欠缺、原材料全部需国产化的困难局面，每个零部件的质量如何判定、经过数控加工的量具能不能满足设计要求等，成为摆在企业面前的一大难题。

企业生产指挥部门找到周建民，说这套量具在三四百万元的进口数控设备上加工了两三个，可精度都达不到要求，问他有没有办法解决。周建民心想，高精度的数控设备加工不了，手工能加工得了吗？可是又想到自己作为一名技师、钳工组组长，又能往哪里推脱责任呢？于是他果断地点点头说："我努力做吧！"

周建民对图纸进行仔细分析和梳理，又反复地试制和检测，不断调整位置精度，终于绘制出符合产品性能要求的工艺图纸。最后他认为，需要加工的部件较薄、间隙脆弱，数控切削很容易导致变形，精度也难以达到要求，而纯手工制作能够恰到好处地掌握产品的变形量，不过，这对手的力度感和稳定性要求很高，稍有差错就会导致产品变形报废。

周建民沉下心来，凭借多年练就的手上功夫，进行微米级的研磨，在保证尺寸、对称度的基础上，准确把握一丝一毫的细微变化，一点一点地向设计尺寸靠近。下班的号角吹响了，他没有听见；夜色降临了，他没有回家；加班饭送到工作台上凉了，他没有一点饥饿感。周建民细心地研磨，整整三天多的时间，熬得眼睛充满血丝，胳膊疼痛难忍，直到第四天，加工的产品终于通过了精密检测，创造了几百万元进口数控设备干不了，而靠纯手工制作出精密量具的奇迹。

前路漫漫，道阻且长，行则将至，做则必成。周建民没有停留在一次或几次的功劳簿上，他知道武器装备的质量，关系到国家国防实力的提升，关系到部队战斗力的生成，关系到战士的生命安全，而武器装备专用量具的生产，则成为其质量保证的关键。有压力就有动力，因为对未知的领域始终抱有强烈的好奇心和一探究竟的勇气，周建民从不放弃任何一次锻炼成长的机会。

1994 年，又一项新的产品加工任务摆在周建民班组的面前，这是一个塑料件的密封问题，产品在加工过程中有裂纹，密封之后做试验，如果漏气，装配就不能使用。这个看似简单的工作，钳工组之前做了很多次，一直没有做成，主要存在三个问题：一是有一道工序的密封做不了，没有办法密封；二是有的地方可以密封，但是利用密封的螺旋堵头需要用力拧紧，做完以后再拧下来，生产效率低；三是这个产品上面已经接好两个进气的金属接头，做试验的时候，要把接头拧下来，做好产品密封试验以后，再把接头装上，这样容易对产品的质量产生影响。而要解决这三个问题，第一要完成密封，第二要提高效率，第三不能对质量产生影响。

周建民和工友们做了很多工作，一次又一次地失败了，最后认为依靠他们自己的能力做不成这个项目，需要借助于外力，于是到北京国际机床展参观学习，可是仍然解决不了问题。周建民回到家，仔细观察洗衣机的密封原理，由于产品结构不同，传递的介质（水和空气）不同，还是没有找到办法。周建民再一次改变思路，把最初认为不可能密封住的内孔进行密封，然后磨了一个锥度，接着又磨一个锥度，这样不知磨了多少个，终于有一个锥度密封住了，工作取得了实质性进展。

周建民为了进一步验证密封效果，工装拆开以后，再进行一次装卡，还是能够密封住，把产品放到水里，打上气压后，果真不冒泡了，这才相信密封成功了。周建民拿着做成的这一套工装，到水龙头试验后没问题，悬着的心才放下来。往工作室走的时候，就这么20米的距离，他走得很慢、很慢，不知怎么眼泪突然流下来，这眼泪有成功的喜悦，也有说不出的委屈。自己这么多天，多少个无眠之夜，就干了这么一件事，却是如此地艰难，怎能不觉得委屈呢？当天晚上，他又把整个过程在脑海里梳理归纳，半夜起来，在纸上画下来，并在笔记本上写下“双锥度密封”……

任何有价值的思想火花都不是无源之水、无本之木。周建民的成功与自己日复一日的苦练与善于思考密不可分。他的双手整天油乎乎、黑乎乎的，怎么洗都洗不干净，尤其是指甲里面更是难以清洗，因为研磨时，超薄的量规必须用指甲卡住，才能进行研磨，所以他的手指甲不能修剪太短；再者，研磨必须用煤油和金刚砂，才能保证量具的光洁度。然而，他这双手却是“神来之手”，他被工友们亲切地称为“周大拿”，复杂难做的量具，在他这里手到擒来。

1997年，钳工组需要生产一批量规。周建民和工友们干活有个特点，先做容易的，再做难度大的，越到最后越困难，这一次也一样，最后一套量规比较复杂，工友们认为不可能加工成了。周建民心想，仅一个单件的生产就需要一个星期的时间，那么这套量规的组装时间恐怕更长，难度可想而知，他又开始吃住在工房，不分昼夜地忙碌了。周建民身上有一种很好的品质，就是每到攻坚阶段，都是苦干、实干加巧干。某段时间，在做铺底工装的攻坚阶段，每人每天承担一定的任务，需要当天完成，也就是说什么时候干完什么时候回家，周建民承担了6项，经常半夜甚至凌晨三四点才回家。由于担心影响家人休息，周建民不敢开灯，不敢洗脸，这样的日子持续了一个多月，直至完成任务。“咬定青山不放松”的执着和坚韧在他身上体现得淋漓尽致。

周建民全身心投入对图纸的摸索钻研，一点点消化，一步步计算，一项项假设、思考、模拟、验证。这套工装体积比较大，也没有一个直接的检测基准，尺寸和角度公差不容易掌握。他就把量具装夹在上下面平行的重达150斤的铸铁方箱上，不断垫高方箱，寻找和量具平行的角度，每完成一个尺寸，就要站到工作台上，弯下腰来，把方箱慢慢地翻过来，又不敢使劲地放下去，基准动了，前功尽弃，必须稳稳地放下来，这样每翻转一次方箱都要出一身汗。当时是三伏天，厂房是破旧的木板房，白天几乎把太阳的热量全部吸收，晚上就像蒸笼一样闷热，没有空调，只有一个老旧吊扇在头顶吱吱地转动；蚊虫叮咬，防不胜防，胳膊腿痒得难受，只好不停地用肥皂水抹到身上止痒；困了，就趴在案子上打个盹儿；半夜饿了，就泡一包方便面充饥。周建民和工友们经过多天加班加点的努力，终于做出了合格的产品。企业主管生产的副厂长非常高兴，请钳工组全体人员吃饭以表示祝贺和慰问，可周建民实在困得睁不开眼，只想回家睡觉，也没有吃上这顿饭。

这套工装全部完成后，惠丰机械厂在大会上表彰了周建民，他荣立两个一等功，钳工组也被评为“兵器行业质量信得过班组”，这正是对周建民在艰苦的条件下坚持不

1995 年，周建民在重庆参加兵器工业集团公司组织的技能大赛时的留影

懈、知难而上的精神所给予的充分肯定！

接下来的几年间，周建民在一些大赛活动中斩获颇丰：1994 年，在惠丰机械厂第六届青工技术比武中，荣获钳工第一名；1995 年获“首届兵器工业青工技术大赛参赛奖”“山西省国防科技工业首届青工技术大赛技术能手”称号；1997 年，惠丰工模具厂工装会战荣立一等功；1999 年，获山西惠丰机械厂第七届青工技术比武活动一等奖。这些都是周建民“十年磨一剑、厚积薄发时”的有力证明！

第四章 艰难抉择，终是不变的坚守

任何事物的发展很难一帆风顺，大多有一定的曲折性，一个人或一个企业都难逃这种规律。20 世纪 90 年代的一段时期，曾经红火的惠丰机械厂订单减少，企业转产民用产品后销路不畅，经营困难，效益下滑，不得不提出“三九四九退休”，即女职工 39 岁、男职工 49 岁可以提前退休，许多人的“铁饭碗”被打破，只得另谋出路。

周建民作为技能人才，每月领取 200 元的生活费；在企业后勤工作的妻子王茂枝回家待岗，家里收入减少，生活开始捉襟见肘。周建民觉得钱少、少花，苦日子还能慢慢地熬过去，然而让他无法接受的是，每天上班，看到工房里越来越少的工友，内心不由得充满惋惜和无助，感到前路迷茫，不知何去何从，以致回到家都不想说话，时常唉声叹气。

王茂枝见到丈夫郁郁寡欢、闷闷不乐，自己的心里也不好受，每天节衣缩食的日子真的很难，有一次，她生病住院，还是公婆出资垫付的医疗费，实在过意不去，可又没有更好的选择。面对生活的压力，王茂枝每天睡醒后，满脑子不得不想着挣钱，尤其是看到企业的同事，有人下海经商，挣得盆满钵满；有人停薪留职，凭借自己的技术开了小型加工厂，生意红红火火；有人被南方企业高薪聘请，当了主管，每月工资不菲，而丈夫是高技能人才，技术和能力一点也不比别人差，甚至更优秀，肯定会有更好的出路。

这一天，王茂枝忍不住对周建民说："你能不能想办法换个单位？人挪活，树挪死，咱不能吊在一棵树上，总要寻个出路吧！"

王茂枝这样说，除了企业不景气，还担心周建民的身体，一是由于丈夫长期弓腿弯腰低头研磨，已经出现胳膊

周建民全家福

疼、颈椎疼的不适症状；二是眼睛长时间对着灯光观察量具精度，使得眼睛时常干涩疼痛；三是有时候忙起来都是凌晨三四点回家，在床上躺不了一两个小时又得起床上班，7 点半上班，他往往提前半个小时到。人终究不是钢铁，也有承受不了的时候。王茂枝记得有一次，丈夫去包头参加比赛，肩背重达上百斤的工具包，里面装的都是锉刀、平板、量块等铁质工具，身高 1.8 米的他，由于人消瘦，被工具包压得肩膀歪斜、走路踉踉跄跄，她站在阳台上目送，直至丈夫走远后，才回到屋里忍不住掩面而泣。往事历历在目，王茂枝希望丈夫换个轻松一些、压力小一点的工作，也许是另一种好的活法。

王茂枝唠叨的时候，周建民正趴在床头的工作台上写写画画，该干什么干什么，像是什么话也没听见似的。几天前，广州一家民营企业知道了周建民的名气，向他抛出了橄榄枝：管吃管住，每月开出 1000 元的高工资，这是多么大的诱惑啊！而企业当时正面临困难，时不时地停产，有时甚至要靠贷款发工资，可周建民还是拒绝了。此时，妻子这样说，他自然无动于衷。

以前，王茂枝看见丈夫忙完一天回到家，要么很疲倦，要么遇到难题尚未解决，心情烦躁，不忍心多说抱怨的话，这一次实在忍不住了。见丈夫没有反应、心不在焉，王茂枝又重重地说道："你不就是一个普通工人吗？有什么值得留恋的！"

妻子这话戳到了周建民的痛处，10 多年了，每天他都要用双手抚摸虎钳、量规，闭着眼睛就能走到自己的工作台前。厂房里熟悉的轰鸣声，包括弥散在厂房的淡淡油渍味道，还有那些喊着周师傅、来找他帮忙的工友，都是那么的亲切而熟悉，怎么能一下子割舍呢？可他是个男人，需要担起养家糊口的重担，不能不考虑家人的感受。

周建民深感内疚。当年，妻子长相漂亮、身材高挑，是企业的“厂花”，一眼看中了自己，是觉得自己干活踏实、为人憨厚朴实，可以终身依靠，可是自从 1985 年结婚以来，他并没有带给妻子多少安逸和享受。妻子虽然要强，但一人承担大量的家务活时，还是很难。他记得有一次家里打煤球，需要加入一种特殊的土，由于土少，谁抢到谁拉，妻子当时正怀着孕，顾不上身子笨重，也和男劳力一样挖土。当拉着一车土往回走的时候，妻子心里充满苦涩和委屈，而他当时正忙，直到夜深人静才回家。第二天，看到妻子打好的煤球，他内心有种说不出的滋味。再是对妻子的陪伴太少，有一次，妻子身体不舒服，希望周建民陪她一起去医院，他答应了，可是准备去医院的时候，又深表歉意地说：“我不能陪你去医院了，单位有事！”王茂枝只好让妹妹陪同。渐渐地，妻子也习惯了，有什么事，要么自己一个人独扛，要么让娘家人帮忙。

周建民甚至觉得自己连简单的家务活儿也做不好，家里暖壶的把断了，他只是用铁丝绑了一下替代；菜刀的把掉了，妻子每天握着刀身去切菜做饭，快过年了，她说这刀不能剁饺子馅，怎么包饺子吃？他这才抽出时间把菜刀把给安上了。周建民作为一名技能工人，不是不会做这些事，也许做出来的更好更牢固更美观，但他考虑更多的是工作上的事，没有精力把家务事放在心上。

周建民还记得有一年大干千斤顶的时候，是一个寒冬腊月天，在临时腾出来的一排小平房里，四面透风，寒冷无比，他白天进行千斤顶的装配及打压试验，夜晚睡在工房，一个多月的时间没有离开过工厂，没有走出过工厂的大门。千斤顶第一批交验试制以后，他才拖着一身的疲惫回到家，而当时女儿还不满周岁，只有妻子一个人照料。由于周建民整天没日没夜地忙，晚上经常回家很晚，妻子因为担心，半夜时分睡不着，睁开眼看看，人没回来，再睁开眼看看，怎么人还没回来啊？这样，天长日久，妻子落下了失眠的毛病。

周建民感到自己也没有尽到做父亲的责任，女儿上小学，他没有时间参加女儿的家长会；女儿读了中学，他没有时间辅导；过年买新衣服，也是妻子自己带着女儿去逛街；女儿有个头疼脑热，常常是女儿的姥姥或舅舅帮妻子一起照顾。女儿的自立性比较强，理解父亲，轻易不向父亲提出什么要求，但有一年暑假，她向父亲提出想去青岛，因为她班上有一个女同学也要跟着爸爸去青岛。女同学的爸爸和周建民是同事，单位组织去青岛参观，可以带孩子一起去。而周建民却拒绝了女儿的要求，以致女儿大哭了一场，说父亲不疼自己。

同样，周建民感到自己也没有尽到一个做儿子的责任。这些年来，父母一直住在长治最北边的飞机场附近，与妹妹生活在一起，而他则住在长治最南边的惠丰社区，只能抽出星期天的时间去看看父母。可到了星期天，有时他刚要去看父母，单位又通知让加班，就走不开了。父母理解支持儿子，捎话说，不用牵挂，好好工作就是最大的孝心。

王茂枝见周建民继续保持沉默，口气舒缓了一些，说道："你想个好的出路吧，我有时候感到很委屈，真的力不从心，女儿也上中学了，家里的开销大了……"说这话的时候，她的语气带着潮湿的味道。

妻子的话，让周建民想了很多，作为一个丈夫和父亲，如果不能给妻女无忧的生活，是一个男人的失败。他久久徘徊在人生选择的十字路口，最后经过痛苦的挣扎，答应了妻子的请求，去找合适的单位应聘试试。

1997年，惠丰机械厂一家二级单位实行改制，公开招聘管理人员，周建民报名参加竞聘，妻子给他买来许多学习资料，希望一举应聘成功。周建民平时看的大多是机械工人实用技术书籍，而管理理论与自己所学的知识格格不入，看不下去，但还是硬着头皮去记去背。周建民参加了应聘考试，不过落选了，真是应验了“命里有时终须有，命里无时莫强求”那句老话。他没有感到失落和痛苦，相反觉得一颗心落地了、踏实了，这也许是天意吧。

在人生的海洋中，周建民犹如一叶小舟，经过风浪的颠簸，又回到原有的航线上航行，继续一如既往地工作。他相信企业只是暂时的困难，军品这条线不会断，一旦有了任务，还会发展，未来可期，只有好好工作，才能给企业及家人一个更好的交代。

王茂枝也不再多说什么了，丈夫每天早出晚归，回家的时候带着一身的疲倦，她除了心疼，还能说什么呢？只要丈夫热爱自己从事的这份工作，心情愉快就行。同时，王茂枝在生活上更加照顾丈夫，每天变着法做好吃的饭菜，看到原本消瘦的周建民渐渐地胖了一些，心里也是莫大的安慰。同时王茂枝鼓励丈夫抽时间锻炼身体，照顾好自己，毕竟身体是革命的本钱，不能忽视。

企业也在积极想办法，帮助职工寻找出路，生产火柴盒等一些民品。周建民一边做民品，一边苦练钳工的各种技能，先后学习了车、铣、镗、磨、数控等设备的操作技能，并考取了车工安全操作合格证、钳工安全操作合格证、平面磨安全操作合格证、工具磨安全操作合格证等证书。他认为，艺多不压身，只要不断地学习和提升自己的技能，终会有用武之地。

渐渐地，忙碌的工作和学习，让周建民忘记了生活的困境，眼前也愈加开阔亮堂了。

第五章 自我加压，一波三折迎挑战

2000年之后，惠丰机械厂渐渐有了好的发展。一度消沉的周建民，如同春日里的草木，吐绿纳翠，生机勃勃，在自己喜爱的三尺工作台大展身手，业绩连连，其中导弹全形规的研制成功，备受瞩目。

99A型坦克，是我国自主研制的主战坦克，其炮射导弹的定型，与导弹全形规密不可分。导弹全形规是用来在导弹总装完成后，检测其外形各段同轴度要求是否达标的重要工具。在1米的长度内，全形规的各内套偏移量要求为一张 A4 纸厚度的 1/7，相当于开车跑 1000 公里，偏差不能超过 1 米。

导弹全形规的研制，对周建民来说一波三折，充满考验和挑战。导弹全形规比较长，重量 100 多斤，而工厂的设备小，无法加工大型量规；外协加工有技术要求，进度也慢。另外，没有任何资料可以查阅，没有任何经验可以借鉴。面对重重困难，作为技能带头人的周建民无法推卸责任，只能咬紧牙关干了。

周建民认为可以把导弹全形规内套分 7 段，每个单件合格以后，7 段装配连接到一起，因为各段组合后不能焊接，所以必须无缝连接，才能浑然一体，那怎么进行装配呢？如果用过盈连接的办法，是不是会使已经合格的内套孔径变小而不合格了？又得进行创新，周建民将它的内缩量分到外套上，把外套做得薄一些、内套做得厚一些，经过几次试制以后，得到了 0.005 毫米到 0.01 毫米，这是非常科学的一个过盈量，既保证了连接强度，又保证了产品质量。

导弹全形规的 7 个内套摞起来必须在一个中心上，就是说不能产生错位，7 节套管共 14 个锥形截面，每个面都在微米级。如何把这个内套一个一个地再装到外套里？之

导弹全形规

前，压合到一起是经常用的比较成熟的方法，但是导弹全形规由于长，压的时候会歪斜，容易造成拉伤，这个方法不能用。怎么办？工友们的目光都聚焦在周建民身上，他深感压力巨大。

周建民有一个特点，遇到问题时，不是先考虑困难，而是先思考怎么克服和解决，于是他沉下心来，凭借多年练就的经验，开始与微米级“对话”，尝试对量具内套进行手工研磨。经过三天的手工研磨，他满是老茧的手中向设计尺寸一丝丝靠近，然后再一步步计算，一个多月后，内套终于测试达标。

然后，周建民和工友们进行量具总装前的一切准备工作。开始装配前，需要先将内套冷冻，由于条件有限，没有冷冻箱，厂里只有个地下冷冻室可以用。周建民便在常温下把内套的尺寸用千分尺量出来写到纸上，然后穿上棉大衣，下到零下 40 多摄氏度的冷冻室，将内套冷冻两三个小时，再拿千分尺去量，看看不同的壁厚及不同的材料缩了多少。他一次次地积累数据，最后觉得可以了，才开始进行第一套全型规的装配。

万事俱备，只欠东风。周建民按照预定设想，将内套在零下 40 摄氏度下冷冻几个小时，当其体积缩小时装入外套，待恢复常温后，内套体积膨大，就能与外套牢牢地挤在一起。不料在装配时差点废了，因为第一个内套往外套里装的时候容易，第二个内套勉强也能装进去，但是第三个、第四个内套就不容易装了，只好用大锤把它敲进去。虽然没有造成十几万元的全形规的报废，但这种方法很勉强，还需要进一步改进加工方法。

经过仔细分析，周建民最终找到了出现问题的原因，是刚开始装进去的那几个内套，把冷的温度传递给外套了，结果外套内孔也内缩了，所以在装第五个内套的时候，上不去，下不来，卡死了，从而导致近两个月的努力前功尽弃了。

怎么办？周建民再次回到寒气刺骨的地下冷冻室，通宵达旦地一次次试验、一点点地采集数据。他再一次发挥创新才能，最终成功设计出新的装配法，即加热外套，以减少内套冷冻的温度传递给外套的时间，装完以后让它恢复到常温，这样就能保证 7 个内套全部装进去，且其各部尺寸处于合格的公差范围之内。这样只用十几分钟就能装配一套全形规了。这也是周建民第一次将“冷热配合法”应用于大型全形规的装配中。

作为一名兵工人，周建民深感为国效力的使命和责任在肩。周建民常常对自己说：“不管做任何工作，都要尽职尽责，做个好工人，要干就干好、干成精品。”他没有满足于已有的成绩，而是自我加压，要将精度再提升 1 微米。全形规装配的精度越高，最后才能保证导弹打得越准。

周建民坐在工作台前，按照内套的尺寸，在检测平板上配好量块，千分表对零，同时在研磨板上先擦一层煤油，抹上白色金刚砂，均匀铺开，直到砂粒不可见，然后拿起内套，用大拇指按住，进行“O”字形研磨……随后，周建民拿起内套，将工作面擦拭干净，先用刀口尺进行透过检测，再将内套放在平板上进行定温。量规的尺寸公差都在微米级，1 微米就是头发丝的 1/60；所加工的大型角度量规，其角度公差也在秒级，1 秒也就是 1 度的 3600 分之一。而研磨过程中，因为手温会传递到所研磨的量规上，使量规出现热胀现象，所以在对所加工的量规进行自检前，需要对量规进行定温处理，使其恢复到常温状态。这套导弹全形规，其大多工序需要纯手工操作，装配不能用任何机器设备，也没有任何标准可以依赖和借用，周建民靠的只是双手平板打表、眼观光隙自检，就能达到如此高的精度，的确不易。要问有什么诀窍，周建民仍然是那句话：“没有捷径，就是手上多练，脑子多想。”

周建民和技术人员经过不懈努力，在设备不能满足加工要求的情况下，提出了将一体式设计的全形规进行分体加工的方法，最终完成了全形规的制造，保证了该项目国产化定型的检测需要，为企业创造价值 500 余万元。

这期间，周建民创新总结出“冷热配合法”“反向研磨法”“三要诀加工法”“基准转换法”等一系列新型工艺操作方法，成功试制出 2000 余项专用量规，保证了任务顺利完成。

“历尽天华成此景，人间万事出艰辛。”周建民勤奋努力，善于思考和总结，面对难题不放弃的毅力，使他进入创新发展的快车道，平均每 10 天就有一项新成果诞生。2005 年前后，他为公司解决国家重点项目量具挡手关键 50 余项，取得了“基准转换法”等 20 余项创新成果；他担当并参与完成的量具生产制造任务及重点项目占公司量具生产制造总任务的 90%，被誉为“为导弹制造标准的人”。

周建民的努力得到了社会的认可，当记者去周建民家采访时，他年迈的母亲欣慰地说：“正月初一，他都在加班，夜晚回来都 12 点了，星期天也加班。他这样能为党和国家做一点工作，我感到高兴，取得一点成绩，主要归功于党和国家、归功于他的领导。”朴实的话语里可以听出一位老母亲内心的慰藉和自豪。

不管干什么，只要付出了，就会有收获。周建民对此深有体会。在公司某重点产品会战中，面对在短时间内需要完成 40 余项体积大、位置复杂的专用量规的实际困难，周建民不等不靠，积极想办法。为了保证生产的顺利进

周建民（中）与工友一起研究量具的革新方案

行，他将40余项位置量规的尺寸、图形、工艺绘测在自己的工作笔记本上，逐项对量规在加工中可能出现的问题进行思考、跟踪，寻找解决的方案，最终在规定的时间内保质保量地完成了该产品工具工装的生产。

每一项成果的背后，都是心血和汗水的付出。例如，在国家“砺剑太行”生产动员演练项目某关键工序量规的加工中，由于底板孔与定位轴的配合误差而产生主平面的

2006年，周建民正在参加职工职业技能大赛

变形，使上下两个平面的平行度不一致，一时间成了直接影响量规装配精度的“挡手”问题。量规的精度事关零件的合格和最终产品的交验，更是影响动员演练项目整体排产进度的推进。周建民认真核对加工工艺，用手工的方法对量规进行了精心调试，为生产扫清了“拦路虎”，圆满地完成了任务。当这项国防动员演练项目顺利结束，公司进行隆重表彰时，功劳簿上第一个就是周建民的名字，领导和同事一致认为：“周建民，能吃苦，动脑筋，有思路。”

周建民扎实肯干、一步一个台阶，2003 年，参加山西省首届职工职业技能大赛并获一等奖；2004 年，获得山西省劳动模范、中国国防邮电工会岗位创新能手称号；2006 年，荣获全国五一劳动奖章。周建民所带领的钳工组也连续多年获得“红旗班组”“优秀班组”称号。

面对荣誉，周建民谦虚地说：“我是在军工企业成长起来的，是组织培养了我，所有荣誉来自集体，我干好每一项工作是本分，也是对组织、对企业、对国防事业的回报。”

第六章 淡泊名利，求真务实谱新篇

周建民认为，当一个人过度追逐名利的时候，就会忽略了人生中更重要的事物；而满足内心的需求，让人生价值得以体现，才是自己所追求的真正快乐和幸福。

早在2004年，周建民的事迹就引起了公司领导的注意，认为他是个人才，于是往管理层上培养，提拔他为量刃具车间主任。周建民力争不辜负领导的期望和信任，然而干着干着却感觉到做车间主任和当工人是完全不同的。当工人时，他每天思考的是，这个量具采用什么工艺做出来，有没有更好的方法，然后按照所设定的方案专心去做就可以了。特别是对于一些复杂难做的量具，他完成后会有一种成就感和快乐感。而当了车间主任后，他每天要考虑的是，这个月能否完成产值任务，能否拿回车间56名员工的工资？今天这个职工怎么有情绪了？明天几点要开会了……因为多年养成的习惯，到了车间，周建民会对某一种难干的量具做上标记，并思考怎样更好更快地做出来，而今正在思考方案时，却有员工找他，让去解决某个问题或矛盾。周建民感到自己分身乏术，很难有太多的精力和完整的时间去考虑量具的加工方案。

2005年底，周建民当了一年多的车间主任，越来越力不从心，认为自己真的不擅长做管理工作，还是适合做一个钳工，单位有了难题，自己努力解决了，那才是一种真正的快乐，便产生了请辞的想法。一天晚上，周建民回到家，对妻子说自己想辞去车间主任的职务。这些年，王茂枝早已习惯了丈夫的忙碌，也清楚他凡事总有自己的想法，认准的事，不会轻易改变，便咽下了想说的一句话“当工人又苦又累，你怎么不往高处走呢？”最终长叹了一口气说：“你自己决定吧！”

随后，周建民找到时任工模具制造分公司经理李德府，递交了辞去车间主任的申请书。李德府劝说道："从一线工人到从事生产管理工作，对于别人来说求之不得，你却不愿意当，你就不为自己的前程着想？家里人会同意吗？你仔细想想再做决定！"

周建民毫无疑义地说："这是我自己的事情，再说我妻子也没有意见。"

李德府又说："当工人还当上瘾了？看看当初和你一起参加工作的 11 个同学，大多走上了管理岗位……到时只剩你一个人还留在钳工岗位，会不会感到后悔？"

周建民用肯定的语气说："我觉得我不适合做管理工作，寸有所长，尺有所短，做个钳工更适合我。"

李德府惋惜地说："我知道你一路走过来不容易，是希望你珍惜这个机会，既然你一定要坚持，还是尊重你的选择！"

周建民回到钳工组，再次拿起了熟悉的虎钳、正弦规、千分表。这时候，有人说周建民的脑袋进水了、灌糨糊了，加工量具是难干的活，工资也不高，真傻；有人说周建民不该错过上升的好机会，说不定过几年还有可能进一步得到提拔；有人说，周建民参加了不少技能大赛，获得了不少奖，竟然不是为了熬出头、有个升迁机会，真是不可思议……

周建民对于外界的种种说法，一笑了之，也没有感到后悔。虽然待遇降低了，但是可以静心地去做自己喜欢的事情，更进一步沉淀自己的技能，未必不是一种好的选择。

不久，公司承担了一项国防动员演练任务，180多项专用量具的制作压在了周建民的班组，要求一个月时间内完成。面对繁重而艰巨的任务，周建民说："我对自己有信心，现在要做的就是轻装上阵，不再瞻前顾后、患得患失。"周建民放下了思想包袱，大干起来，他先把所有的疑难问题全部找出来，再有针对性地各个攻关，整整一个月，晚饭都在工房吃，最后按时完成了任务，为后续生产铺平了道路。这时候的周建民有一种轻松快乐的感觉，他认为幸福就是有活干，把工作任务完成，心里格外踏实。

周建民的技术日日精进，其操作法深受企业的欢迎。2008年11月，周建民参加山西省践行科学发展观巡回演讲团来到某大型企业，其生动的演讲使台下的一位企业领导眼中绽放出惊喜的光芒。原来，这个企业有十几种难度较大的量具正在四处寻找加工企业，可惜的是，不是这个企业做不了，就是那个企业价格太高，半年多来一直没有着落。演讲会一结束，这位公司领导就与周建民所在的分公司取得了联系，很快，十几件价值数十万元的量具，周建民只用了一个多月的时间就完成并实现交付。

周建民努力破解工作中遇到的难题，他针对环形内壁孔的钻削，创新钻孔装置，依托钳工常用的工具台钻进行，这样成本低、简单实用，并在台钻转速的基础上，通过传动装置，提高一级转速，且转子部分采用精密轴承、弹簧定位，提高了钻头的稳定性，更好地满足了小孔钻削“高速稳定”的条件，实现了在一般钻床上完成内壁钻孔这个不可能完成的任务。这个方法被称为“异形环内壁钻孔法”。

周建民靠一手绝活儿，还在钳工技能比赛中多次夺得第一名，被授予“金牌工人”等几十项荣誉，名气大振。这时候，有企业高薪聘请周建民加盟，开出的工资高出原来的几倍，还许诺办理大城市户口、安排大面积住房等；也有培训机构请周建民去讲课，给出高额的酬金。周建民都婉言谢绝了，他说：“对于技能工人来说，要忠诚于企业，再说我能有今天的成绩和荣誉，与公司的培养分不开，怎能为了挣钱做那种忘恩负义的事呢！”

其实，周建民的家庭条件并不好，妻子下岗了，每月

异形环内壁钻孔

只有400元生活费；女儿读大学，每年的学费、每月的生活费，都是不菲的开销；他的家在惠丰社区，是一幢20世纪90年代初建的俗称“小炮楼”的旧楼房，面积67平方米。有人问过他：“您现在获得了这么多荣誉，应该有条件换套大点儿的房子了吧？”周建民笑着说：“够住就行了，等到真不行的时候再说。”早在七八年前，周建民家里客厅的地板砖就都鼓了起来，因没有及时修缮，最后破碎一地。妻子一直催着周建民修缮，可他由于工作忙，总是顾不上，直到前年，才抽时间买了袋水泥，把家里的地板砖修好。再者，周建民本人常年穿一身工装、很少买新衣服。然而，周建民依然能够耐得住清贫，保持一颗平常心，实在难得！

周建民的事迹引起了媒体的关注，有一年的国庆和中秋双节期间，长治电视台记者前去采访。周建民正在和徒弟牛力在工作台忙碌，他的旧工作服上点缀着一片片“乐开花”的油渍，袖子高高挽起，双手沾满油污。周建民听到记者的来意后，连连摆手说：“我只是做了自己分内的工作，并不值得宣传，有采访我的时间，还不如让我多干一会儿活，这是我的真实想法。”记者说不会打扰他工作，周建民才勉强地接受采访。原来双节期间，周建民和工友们要加 6 天班，主要对国防某重点项目产品的量具进行修理、对某重点产品零件验收的量具进行加工，保证生产部门节后上班能够正常使用。

2010 年，周建民获得“中华技能大奖”，被誉为“惠丰功臣”。面对殊荣，周建民说：“这是公司领导和同志们给予的神圣而崇高的荣誉，我要把内心的感动感激带到工作中，积极努力，爱岗敬业，不断创新，争取为国家和企业作出更大的贡献。”

周建民创新的操作法得到大家的一致认可和好评，但是让讲解体会时，他却谦虚地说：“我只是把工友们在长期实践中积累的工艺窍门总结提炼、找出规律、梳理归纳而已，真正的创造者是大家。”周建民的同事、淮海工业

周建民『惠丰功臣』宣传画

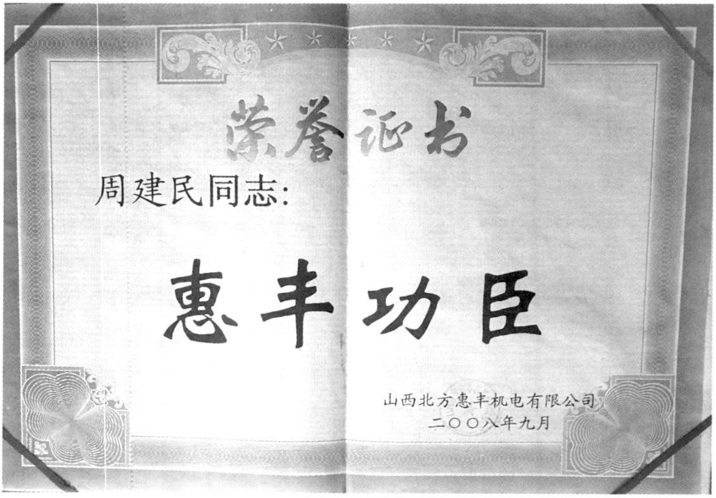

周建民获得的“惠丰功臣”荣誉证书

集团高级技师郭华洁说：“周建民有了困难往前上，有了荣誉让给组里的其他同志，他这种淡泊名利、超越自我的精神，值得我们学习！”

不为名利，这就是真实的周建民。时任淮海工业集团宣传部部长刘建军这样评价周建民：“周建民是一个创新人才，他之所以成功，第一是他这人不浮躁，面对普通的工作，能够尽职尽责地把心沉下来；第二就是周建民坚持了自己的本职工作，在平凡的岗位做出不平凡的业绩，如果换个岗位，也许就没有今天的周建民了。”

当有人问周建民怎样看待自己的成功时，他说：“我从来没有觉得自己取得了成功，荣誉再多，都是外在的，只有踏踏实实把自己的工作干好，才能心安理得，才是真正属于自己的快乐！”这就是周建民质朴而无华的真实表达。

第七章 全国首批，大师工作室成立

2011 年，是不平凡的一年，惠丰机械厂和淮海机械厂重组后成立淮海工业集团，隶属中国兵器工业集团有限公司。其前身为黄崖洞兵工厂、刘伯承兵工厂，命名时，为了赓续红色血脉、纪念淮海战役，新集团保留了“淮海”二字。

这一年，淮海工业集团提出通过军民两个市场的努力开拓，力争使主营业务、工业增加值、全员劳动生产率、职工收入等实现一定幅度的增长，使淮海工业集团的战略地位、市场地位和职工的幸福指数得到显著提升。

2011 年，对于周建民来说，也是不平凡的一年。人力资源和社会保障部、财政部在以往 10 届 138 名“中华技能大奖”的获得者中，根据年龄、技能容量、高技能人才密集的行业等条件，遴选出 50 名中青年技能大师，成立国家级技能工作室。周建民名列其中，以他的名字命名的全国首批、山西省第一个国家级技能大师工作室花落淮海工业集团，可喜可贺！

在国家级技能大师工作室的建设中，中央财政、人力资源和社会保障部、中国兵器工业集团有限公司分别捐赠了 10 万元建设经费。工作室建立在周建民的班组，也就是淮海工业集团四分厂钳工组。该班组的车、铣、刨、数控内外磨、坐标轨迹磨等 30 余台（套）设备和各种精密量具专用及通用设备，以及数控车等配套设备为工作室提供了硬件支撑，工作室成为既具有专用量具领域生产专长，又具有先进加工方法的研究和传播平台。

面对各级政府和领导的关切和厚望，周建民作为工作室的带头人，用热血、汗水、激情生动地诠释着责任、担当、使命，他在工作室揭牌仪式上说：“工作室的建立既是荣誉，也是责任。作为荣誉，体现了党和国家对技能人

周建民技能大师工作室

建民技能大师工作室

才的重视及对一线技能工人的关怀，体现了淮海工业集团在技能人才队伍建设方面的成效；作为责任，工作室的建立只是新的起点，作为工作室的主要牵头人，在今后的工作中，将以工作室的建立为新的平台，攻坚克难，创造更多更大的社会价值。”随后，周建民和单位签订了目标责任书，争取实现生产技术过关、新技术应用以及新项目、新产品的开发与技能人才培养的有机结合，使工作室发挥好更大的作用。

周建民以实际行动践行着自己的诺言，他的脑海里始终绷紧一根弦。2012 年 2 月 6 日元宵节，周建民技能大师工作室，车、铣、刨、磨、钳发出的“交响曲”几乎掩盖了窗外噼里啪啦的鞭炮声。周建民与工友们忘却了欢度佳节，而是在研究图纸，进行一组军用特殊量具的紧张生产。淮海工业集团承担着一批国家高精尖重点项目的定型投产任务，市场上通用的量具达不到生产要求，全集团近九成量具的重点生产任务，都由以班组车间为依托的工作室承担。新年伊始，周建民技能大师工作室的全体工作人员便开始忙碌了，大家齐心协力，钻研出“内外套加工法”，终于解决了这套量具的生产难题。

周建民每天忘我地工作，认真思考工作中遇到的难题，提出合理化建议。例如，关于“部分专用量具数字化创新”的问题，他讲到一些现代化数控精密加工设备及部分精密检测设备，大部分还是沿用自制的专用量具检测，为了提高量具的检测质量和可视化检测效果，需要探讨部分专用量具数字化的改进，这样可以实现公司大部分杠杆仪量具的检测功能，能节约大量的杠杆仪量具制造成本。他的思考与建议对提升集团量具的质量作出了积极有益的探讨。

“创新是一个企业的灵魂，创新是技能人才的生命。”这句话深深地镌刻在周建民的脑海里。周建民曾在参加第十届“中华技能大奖”表彰会时，受到时任中国兵器工业集团董事长张国清的接见。张国清希望周建民在提高兵器的工艺上多努力，回到工作岗位能够带出一支创新的团队；还有周建民在和著名的全国劳动模范申纪兰大姐开完劳模会回长治的路上，他当时问申纪兰：“大姐，你作为一名老劳模，对新劳模有什么要求呢？”申纪兰说：“我们的时代是艰苦奋斗的时代，你们的时代是创新的时代。”这些都让周建民深有感触。自此，“创新”二字如石，时时擦出他灵感的火花，量具的一些创新办法便在脑海里出现了。

有一段时间，企业新投产的一个产品，周建民技能大师工作室需先做出上千种不同的量具，每一个复杂的零件都需要几十套量规去保证各个尺寸的技术要求，工作量很大。有一天，周建民因为过度劳累，口吐鲜血，不得不到医院输液。他人在病榻，心在量规，无时无刻不在想着工作及棘手的难题。护士给周建民输液扎针时，他感觉不到疼痛，而是专心致志地看着护士的针管，看着看着，“快速收簧装配工具”的制作方法便在脑海里出现了。出院后，周建民便着手量规的改进。

周建民用了一周时间设计出了一款弹簧注射器，这大大减少了人力，提高了生产效率，也彻底解决了导弹弹簧安装的大难题。而之前，周建民在一线调研时发现，某型军品的一个弹簧需要在压缩状态下安装，也就是先用线把弹簧绑起来，安装完毕后再将线剪断，将弹簧恢复，费时费力不说，还会留下线头、细毛等多余物，影响军品质量。艺痴者技必良。周建民的奇思妙想解决了弹簧安装难题，打破了传统的捆绑式弹簧压缩装配法，且成本只有十几元，实用、简单，省时省力，还可以反复使用，更重要的是没有多余物，大大提高了装配效率和产品质量。关于此项方法，周建民写了论文《简易快速收簧工具的制作与应用》，发表在《金属加工》杂志上，并获得了专利证书。

周建民还把更多的精力放在了“传帮带”上。有一位工友找到周建民，诉说了自己遇到的技术难题——某型装备配件比较特殊，需要在一个薄壁轴类零件的凸台上加工贯穿一组 M16 螺纹孔，且要求同轴度 0.01 毫米。周建民看后也深知这样一组螺孔，同轴度 0.01 毫米要加工检测合格并非易事，他和工友们一起仔细分析图纸，商量最佳工艺路线，决定自制导向丝锥，底孔在镗床上加工后，直接在镗床上用顶尖顶住导向丝锥中心孔，将上下螺孔一次加工完成，最终满足了同轴度要求，保证了产品质量。

周建民技能大师工作室以“攻关、传艺、创新、交流”为主题，分为“成果展示区”“学习讨论区”“操作实训区”三个区域，占地面积 1000 余平方米。进入四分厂车间，迎面可以看到一个大大的“工人伟大，劳动光荣”的横幅，再往里走，便是周建民技能大师工作室，两张锃亮的铸铁工作台上，错落有致地摆放着正弦规、方箱、千分表等各式量具生产检测工具；墙壁上悬挂的条幅上面写着“弘扬工匠精神，精益求精做精品”“以工匠品质践行人民兵工精神”等；工作室还贴着一幅幅表格图，从其中的一个表格图可以看到年度主要工作任务分解。比如，1 月到

8 月，拟解决的关键技术难题是，设计组合铆接装置或复合冲头，实现一人三机完成操作，改变过去多人二机操作方式，提高效率，等等。每项任务以表格的形式呈现，清清楚楚，一目了然。

周建民技能大师工作室成立以来几年间，周建民牵头组织联合攻关，共举办学习交流 20 余次，攻克工艺技术

周建民国家级技能大师工作室2019年度主要工作任务分

时间节点 / 任务描述	一月	二月	三月	四月	五月	六月	七月	八月	九月	十月	十一月	十二月	负责人	拟解决关键技术难题
[illegible]													周建民	采用斜锲快速定位方式，设计制作简易钻模，实现钻钻孔
[illegible]													周建民	设计组合铆接装置或复合冲头，实现一人三机完改变过去多人二机操作方式，提高效率
[illegible]													周建民	设计制作密封装置，采用内涨外堵的形式及齿条实现密封快速高效。
[illegible]													李宏斌 周建民 杨兴隆 晋 国	通过设计、制造冲四孔冲四槽模具，解决凹模加工等问题，以提高零件加工质量及效率。
[illegible]													范晓东	解决钛合金材质和高强度淬硬钢数控铣削难题及薄易变形的难题。
[illegible]													晋 国	改进夹具结构，增加夹具刚性及强度，从而确保夹击性。
[illegible]													周建民 晋 国	改进刀具结构和设计专用钻孔夹具来解决和保证零精度。
[illegible]													范晓东 常云峰	设计、改进夹具结构，以提高加工质量及效率
[illegible]													韩庆斌	现利用机床床面导轨的平整性及磨床中心高的固定性，用以解决测量时的重复装夹及准确读值，再进行修磨，完成零件的
[illegible]													冯嘉欣	从毛坯的形状、工件的装夹方式、切削用量及切削切削用刀具等几方面进行考虑、试验，以保证其加工
[illegible]													刁爱民	提高该类量具的加工质量，突破直接在数控磨床上微米级公差加工
临时任务													全体成员	

一季度进度　二季度进度　三季度进度　四季度进度

周建民国家级技能大师工作室 2019 年度主要工作任务分解表

难题近百项，确保了多项国家重点科研项目生产加工的顺利进行。2014 年，通过周建民技能大师工作室团队的联合攻关，就为企业创造价值 50 余万元。除此之外，周建民还在多所中高等职业学院设立了“周建民技能大师工作室辅导站”，培训学员累计 8000 余人次。如今，当你走进周建民技能大师工作室，那一个个经他手工制作成的精密量具及一枚枚金光闪闪的奖章、一张张荣誉证书，都在告诉你，周建民所走过的每一步都坚实有力、不负韶华。

周建民和他所带领的平均年龄 38 岁的工作小组，先后获得了中央企业学习型红旗班组、山西省五一劳动奖、山西省学习型标兵班组、青年文明号、工人先锋号、文明和谐先进集体、山西省劳动模范创新工作室、国防邮电产业示范性劳模和工匠人才创新工作室；周建民本人获得“全国劳动模范”“山西省十佳金牌工人”等荣誉称号，并享受国务院政府特殊津贴。

周建民被业界誉为新时期的“兵器名片”和“军工骄子”。他也实至名归，用全部身心交付了一份无愧于时代、无愧于人生的合格答卷。

第八章 用心带徒，花开满园才是春

为师父者，要给徒弟“一碗水”，自己必须先有“一桶水”。这就要求师父有过人的本领，才可以将徒弟培养成高素质有用的人才。周建民做到了拥有“一桶水”的技能，让许多不可能变为可能，被誉为难题的“克星”。他的勤奋和努力也影响着徒弟们，师徒携手，在淮海工业集团这片沃土上同发展、共成长，筑梦未来。

“冰冻三尺，非一日之寒；滴水穿石，非一日之功。”蒙眼研磨精度达到 1 微米是周建民的绝活儿。有这样一幕场景，2015 年 11 月 27 日，国家质检总局等一行人来到了“周建民技能大师工作室”。“听说周大师有个绝活儿叫蒙眼研磨，能否展示一下？”人群中有人说道。周建民答应了，他笑着说：“我从事量具钳工多年，别的不敢夸口，但在蒙着眼睛的情况下，通过手工研磨，将量具磨去 10 微米，使误差仅有 1 微米，还是有信心的。”只见周建民从容地走到工作台前，用一块毛巾将双眼紧紧蒙住，熟练地对手中的量具开始了研磨，一下、两下……随后，他摘下毛巾，站到一旁，以肯定的口吻对大家说：“研磨好了，请测量吧！”“真的是丝毫不差呀！”大家纷纷叫好，赞不绝口。

与此同时，周建民的徒弟刘希和牛力同台献艺。刘希只是看一看钥匙，便可以蒙眼配出同样的钥匙。刘希说：“这是师父传授的一项绝活儿，我经过一年多的钻研，在蒙眼的状态下，1 到 2 分钟之内就可以将一把钥匙配出来，并将锁头打开。”牛力用电钻在鸡蛋上打孔，而且能让鸡蛋不破碎。牛力说：“为了提高自己的工作技能，在师父的指导下，选择了在鸡蛋上打孔，这个对角度和稳定性要求很高，稍微碰一下或者角度不对，鸡蛋就会破裂，这有助于做薄壁（零件）工作技能的提高。”

周建民在蒙眼研磨

周建民看着徒弟们技能娴熟，深感欣慰，他说这些绝活儿并没有什么天赋和诀窍，只要手上多练、脑子多想，相信每个人都能做到。其实，周建民给每一位徒弟上的第一课，不是展示手艺和绝招，而是先前往淮海工业集团的前身——黄崖洞兵工厂、刘伯承兵工厂，学习老一辈兵工人的工匠精神，然后再订立“师带徒协议”，把自己

周建民（右三）在给徒弟们讲解工作方法

在实践中总结出来的加工方法和技能毫无保留地传授给徒弟们。他希望徒弟们尽快成才，在岗位上发光发热、独当一面。

周建民说："我就是从一个小小的钳工成长起来的，在老师傅的传帮带、厂技术员的指教引导下，才爱上量具钳工这一行，我最大的希望就是把自己的技能传授给更多的年轻人。"周建民创建了"项目＋团队"和"师徒工时捆绑机制"以及"一人一册一方案"的人才培养新模式，他对每个徒弟因人而异地制定出一套方案，编写成小册子发给徒弟们，详细介绍每种加工方法的基本要领、操作要点和注意事项，有什么疑问再具体指导。

周建民还提倡开放学习和工作，摸索出"一句话学习法"，自己先提炼出问题的解决办法，总结成一句通俗易懂的话来表达，传授出来，再和徒弟们集思广益、攻克难题。周建民觉得一线工人最缺乏的是归纳总结，过去师父带徒弟大多是口传心授，缺少书面的材料，这样会造成只能传给几个最多十几个徒弟的局限，自己如果把工作中的心得、经验、技能整理成书面材料，那就会让更多人看到，有更多的人掌握这些技术了。周建民被徒弟们称为"活字典"，遇到难题都愿意求教，他总是会不遗余力地答疑解惑、传道授业。

周建民循循善诱、教导有方，以自身的人格魅力感染着每一位徒弟。有一位年龄比周建民大、工龄比周建民长的徒弟叫汪建平，刚到钳工组时，每天的工作就是研磨工件，时间长了，腰酸手疼，以致下班回家后手疼得端不起碗、拿不起筷子，便开始对单调枯燥的工作产生了烦躁心理，有一次气急了，竟将量具扔到地上。周建民见此，没有批评，而是默默地捡起工件，自己接着研磨起来。汪建平终于明白师父是在锻炼自己，以掌握手的力度和技巧，这和达·芬奇的老师让他每天画鸡蛋是一样的道理啊！自此以后，汪建平摒弃浮躁，耐心地练习基本功，进步很快，如今已成为淮海工业集团的高级技师，并且也带了徒弟。汪建平由衷地说："师父和善、认真，用自己的方法教导徒弟，让我受益匪浅！"

周建民对徒弟要求严格，今天的事情今天完成，没有特殊情况，不可延误；每做完一件事，都要总结，写在本子上，不能只会干活，而不去想怎样创新。周建民以身作则，常常和年轻的徒弟一样，加班加点地工作，研磨一个量具时，往往一站就是几个小时，累得大汗淋漓、浑身湿透。徒弟们理解周建民的心情，一切都是为了把他们培养

周建民（左）和徒弟刘希在一起

成为复合型的合格人才，所以，徒弟们也都认认真真地工作。三年学徒期后，徒弟们大多达到微米级的研磨精度，而且总结能力大大增强。例如，刘希在申报个人产品专利材料时，独立撰写，很快通过审核。如今，徒弟们已成为企业的有生力量和后备军，为企业的发展勇挑重担，和师父周建民一道攻克了一个又一个难题。

周建民紧紧依托公司“职工培训计划”“职工技能大

周建民（右四）在指导徒弟们参加比赛

赛”“千人大创新”等技能素质提升平台，鼓励徒弟们积极参与各项活动，并成立了攻关小组、工作室等，颇见成效。很快，周建民最小的徒弟、“90后”的刘希有了自己的工作室，他和同事孙清娜的工作室联合完成了“某导弹舵机零部件”的制作任务。该部件充分应用钳工工艺理论和方法，采用合理的设计装配工艺路线和技巧，使部件一次性装配质量合格率提升了50%，装配生产效率提高了

40%，每年为企业节省费用数十万元。

周建民还像家人一样对待徒弟，充满呵护和慈爱。有一年，牛力因为长期低头研磨，颈椎病严重，造成手麻腿麻，到医院做了手术。彼时，周建民正在外地调研，就让妻子去看望牛力。牛力的母亲去世了，王茂枝对牛力就像对自己的孩子一样悉心照顾、关爱有加。有一次，刘希到了车间，精神萎靡，脸色发白。周建民关心地问："你是不是身体不舒服？"得知刘希拉肚子时，周建民让刘希尽快到医院开药，不要上班了。人心换人心，徒弟们也亲切地称呼王茂枝为"师娘"、周建民为"师父"，感恩之心，溢于言表。

周建民认为，一花独放不是春，百花齐放春满园，只有淬炼一支高技能的团队，才能适应公司的生产要求。周建民经常对徒弟们说："千万要打消'不就是个工人吗，能干出啥名堂'的想法，要做一流的技术工人、生产一流的产品。"周建民认为教徒弟学本领、练技术，才对得起自己这个"工匠"的称号。徒弟中，因为每个人的手的力度不一样、身高也不一样，周建民便根据各人的情况，告诉徒弟站在哪个位置合适、怎样站会更舒服一些，一一地给予指导和纠正。徒弟干活时，看不到左右两侧。周建民就站在身边，细细观察，指导说往右边斜一点，或者往左边斜一点，往前用力或往后用力，帮助徒弟们找到最佳的位置。他要求徒弟们不断地练习，一年的时间可以做到最低的要求，三四年的时间熟能生巧，最后形成一个肌肉记忆，才能把量具磨平，生产出合格的产品。

“师父人品好、技能高，他有超乎寻常的耐心、细心、专心，能在一个岗位上坚持40多年，非常不容易。他的特点就是能耐得住寂寞，不抱怨，能钻研，浑身上下都散发着一种正能量，值得学习和借鉴。并且他毫不保留地将自己的所思、所学、所专、所能传授给徒弟，跟着他，脸上有面子，技术上有进步。”徒弟们这样描述眼中的周建民。

名师出高徒，强将手下无弱兵，周建民的徒弟们也以实际行动回报着师父的关爱和教导，并且个个叫得响、顶得上、拿得下。王潞刚在2014年中国兵器工业集团有限公司第三届创新大赛中获得“兵器工业技术能手”称号；刘希在2017年中国技能大赛山西省国防科技工业职工职业技能大赛钳工决赛中荣获第一名、2018年获得“全国技术能手”荣誉称号；牛力于2012年在山西省“振兴杯”技能大赛上夺得钳工组第一名、2018年获得“三晋技术能手”荣誉称号，他的研磨工差达到0.002毫米，已成为技能带头人。因此，淮海工业集团呈现出了创先争优的“周建民效应”，一个周建民打造了“一群周建民”，这种现象成为企业及山西省国防科技工业一道亮丽的“量具钳工风景线”。

周建民在培养人才上业绩突出，获得“国家技能人才培育工作突出贡献个人”奖项，这是国家技能人才培育工作的最高个人奖项，更是对周建民在培养后备技能人才、传授技能绝招的实践中所取得的卓越成绩的褒奖和鼓励，可谓实至名归。

第九章 虚心学习，技术精进创新高

淮海工业集团作为国家战略性团队的骨干成员单位，多年来，以项目研制、技能大赛、创新竞赛和派员工外出学习等为途径，拓建了高技能人才集聚的蓄水池，增强了企业核心竞争力，并获得了“国家技能人才培育工作突出贡献单位”的殊荣。周建民就是“蓄水池”里一朵奔腾的浪花，不畏风雨、不舍昼夜，朝着民族复兴的浩瀚大海奔腾向前。

“鸟欲高飞先振翅，人求上进先读书。”周建民深知自己技工学校毕业，起点低，为更好地筑梦圆梦，只有加强学习，才能更好地解决工作中遇到的难题。除了向师父学、苦练基本功，周建民还向书本学，8 小时之外分秒必争，工休时，别人打牌、下棋、聊天，他在工房看书、看图纸、测算，然后在工具上反复打磨制作；周末或节假日，别人出去游玩，他给自己加压充电，长治市大大小小的书店、图书馆都留下了他的身影。多年下来，他购买、借阅过的书籍就有 2000 多册。周建民说："当好技术工人，不能光靠热情，重在钻研学习、琢磨技术。"他的工作室，除了虎钳、量规、千分表，还有两个大书柜，装满了各种工具书；他家的床头，专门加了木板，两摞书籍堆放在上面，有《几何精度规范学》《平台测量法解析》等专业书籍。周建民热爱读书可以说到了痴迷的程度，有一天中午，妻子让他下班后去买菜，可是左等右等不见人回家，只好上街寻找，发现他正蹲在一个书摊前如饥似渴地看书呢，早把买菜的事忘得一干二净了。

周建民回首走过的艰辛历程，感慨地说："通过近些年参加不同层次的技能大赛，我觉得与同行相比，在实际操作技能上还可以，但专业理论显得欠缺了，特别是总结工作经验时，还是觉得'书到用时方恨少'，比如'基准转换操作法’的总结归纳不太全面。只有多学习，才能尽善尽美。”

“敏而好学，不耻下问，是以谓之文也。”周建民向师父学、书本学，还向徒弟学，不懂就问，从来不觉得难堪和不好意思。早在2004年，周建民便开始整理操作法，最初写在本子上，但随着电脑的普及，需要与时俱进，做成PPT才能更好地传播与交流。他不会用软件，就利用休息时间，向徒弟刘希学习绘图软件，学画草图、制图等。通过三四个月的刻苦学习，周建民已经熟练地掌握了图形演示文稿软件的应用，做出的PPT，图文并茂，具体生动，在培训和授课中起到了很好的作用。

周建民不仅刻苦钻研本道工序的业务技能，还先后学习了车工、铣工、镗工、磨工、数控等操作技能。有人问他：“你把自己的工序管好就行，学那么多操作工序干吗？”周建民回答说：“作为工厂技能带头人，我不仅要熟悉掌握本工序操作，而且要发挥带头作用，带动整个量具生产团队水平的提升。”在近年来的技能大赛中，周建民不仅多次夺得钳工技能比赛第一名，而且在车工和磨工比赛中也名列前茅。“学无止境，艺不压身。”这就是周建民的目标和追求。

周建民在查找相关资料

2010 年 9 月，周建民被单位派到北京理工大学学习深造，系统学习专业理论知识。周建民非常珍惜这次学习机会，不仅学习学校确定的课程，还根据自己工作中需要学习哪些知识，及工作中遇到的解决不了的问题而有选择性地学习哪些理论知识，选修了《几何精度规范学》《金属材料学》等4门课程。周建民孜孜以求，像一块海绵不断地汲取知识，时常感到时间不够用，常常深更半夜还在读书。其间，周建民还参与了由北京理工大学出版社出版的高等职业教育新形态系列教材之《钳工工艺与技能训练》的编纂。周建民说："我是带着生产中遇到的问题走进校园的，所以在课堂上提出来的问题也和别人不大一样，校企结合提高了技能工人的知识水平，这是一种很好的学习方式。"除了在教室学习，周建民周末也整天待在图书馆，有学生佩服地对他说："你和我父亲的年龄一样大，还来当学生，认真学习，真是令人佩服！"

周建民进修结束回到单位，把学习到的理论知识与工作实践和创新结合在一起，专心投入"万能量具"的研制中，也就是一台具有能够检测产品孔深、同轴度、径跳、端跳等多功能的数字化检测仪。他先进行绘草图，做试件试验，利用现有一台光栅比较仪，通过精密制造一个固定连接机构和一个特制杠杆，经过近一年的反复安装、试验、检测、改进，最终取得了好的效果，实现了将产品零件的实际公差值正确地传递到光栅仪表上，使部分专用量具实现数字化检测成了可能。这台数字化检测仪的改进完成，可以节约大量的杠杆仪量具制造成本，而且更能方便工人师傅在加工首件产品时对刀尺寸的调整，实现读数可视化，提高对刀精度，为使公司量具向更高要求发展做出了有益的尝试。

2014 年 11 月 8 日，周建民作为国资委组织的技能人才模具提升项目培训团的成员，赴德国进行了为期 21 天的培训学习。这是一次提升自己的好机会，不容错过，周建民在教室里认真听讲，感受不一样的教育模式，将所学知识默记于心，便于日后工作效率的提高和问题的解决。

周建民在菲尼克斯培训期间，德国的培训老师讲："强化学员的团队意识、沟通能力、动手能力、协调能力，把专业基础实训做扎实才是根本，鼓励学生进行创新。"这一点，周建民也看到了。有一天，一个 15 岁的小男孩放学后，背着书包来到培训班进行简单的电灯线路连接。由此可见，德国注重培养学生的创新和动手能力；还有德国的每一个车间，虽然规模很小，但产品加工工艺的编制、加工制造生产、质量检测等都是在一个团队中进行的。例如，有一个平均年龄为 18 岁的团队设计加工出"气吸式产品自动搬运装置"，这个团结协作、配合密切的团队使其企业一直保持着世界领先的制造水平。

周建民还认真阅读了阿恩斯贝格培训中心钳工技师考

试的一个试题，考试从夹具组装开始到加工出合格零件共20个小时。评分标准是，加工出合格的试件得60分，再是夹具加工的自动化、成本、结构的简易程度40分。周建民从这件事上意识到，复合型的技能工人才能较好地解决工作上的难题，无论是学员还是培训老师，都体现出德国人崇尚科学、标准、工艺和品质的一种精神，这种精神成就了举世瞩目的“德国制造”。

德国培训中心的焊接培训老师的一段话，让周建民深受感触。老师说：“焊接工作是个累活儿，是个实践性非常强的工作，每周我都要独自训练3个小时，否则不能去教学生，因为我怕手生，怕给学生留下错误的操作方法。”周建民佩服德国老师严谨、认真、负责的工作态度，想到自己也是工作室的责任人，也承担着师带徒的重任，应以此为标杆，带好队伍，不辜负企业领导和员工们的期望。

通过学习培训，周建民感受到国内一些企业工人的技术结构是典型的“金字塔”，即一般的技术工人占大多数，中、高级技术工人比例小，这与发达国家高级工要占到四成的水平还有距离，高水平、高技能员工的缺少现状，正在成为影响企业提高创新能力和应变能力的关键因素。而实践证明，当今企业与企业之间的竞争焦点也是人才，一

2014 年，周建民（右四）在德国学习

2014 年，周建民（右）和德国老师在一起

个企业只有人才不断涌现，发展才有动力，才能更好地应对市场的严峻挑战。

周建民回到单位后，首先，把自己所学所思详细地写成文章和大家分享，引导工友们从单一型、体力型、汗水型向知识型、技能型、创新型发展，努力成为复合型技能工人，以便应对工作中存在的难题；其次，周建民认为在产品的工艺编制到加工制造再到质量检测，需要有贯穿引领这整个线条的组织者，周建民大师工作室要承担起这个角色，发挥好团队的作用，助力企业更好地发展。

周建民学以致用，和工友们一起很快投入创新成果的研制中。“某产品翼面斜度测量仪”一度成为量具生产的难点所在，对此，他充分发挥团队力量，针对此量规加工中存在的几个主要的难点，打破常规工艺路线，一一攻克，辅以“基准转换法”，解决加工过程中难以装夹及形位公差的自检问题；采用一次装夹加工，将短基准变为长基准，提高测量精度；将复杂的“正弦规调整法”变为简捷的“差值补偿法”，提升交点尺寸加工调整自检的精度与效率；创新性地在量规加强筋的固定中变焊接加固为氧化铜无机粘接，保证了精度和强度。周建民及其团队通过以上创新方法的应用，保质保量地完成了此项量规的加工制造，及时地满足了生产上的需要。“某产品翼面斜度测量仪特色操作法”由于效果显著，获得山西省国防科技工业“五小”竞赛一等奖、山西省企业“五小”竞赛优秀项目成果三等奖。

前路漫漫，上下求索。周建民说：“留恋过去不行，吃老本更不行。总之，危机感很重，不能有丝毫的松懈，只有不断学习、不断创新、不断超越，快速奔跑，才能适应社会的不断发展。”周建民把学习作为一种习惯和生活态度，无论何时何地，只要没有生产任务，就会抱着书本看，努力学习新知识、掌握新技能，从而提高能力和素质、成就更加精彩的自己。

第十章 “三心人才”，以质取胜铸精品

作为一名钳工，周建民每天面对的是坚硬无比的铁质磨具、磨板，天长日久，磨平了量具，也磨去了他年轻时曾经有过的急躁，性格慢慢地发生转变，剩下的只有超乎寻常的耐心、细心、专心，因此他也被工友们称作“三心人才”。这难得的“三心”犹如利器，使他攻克了一个个“卡脖子”的难题，佳绩连连，喜报频传。

2011 年，淮海工业集团接到波导天线的研制任务。波导天线主要用于雷达信号的接收和发射，最厚的地方为

4毫米，最薄的地方仅0.5毫米（相当于一角硬币厚度的1/3），由5个圆盘组成，每一片薄厚不匀。据了解，世界上只有英国、德国等少数几个国家拥有这项世界前沿的技术。周建民的班组承担了这项任务，他经过仔细分析测试，发现解决问题的关键是找平面度和防止部件变形，在装配的时候，5个圆盘之间不能有缝隙。周建民不断完善工艺，在关键疑难工序上寻找基准面，经过一遍又一遍的纯手工研磨，终于在最短的时间内攻克了这个难题，一个价格比黄金还要贵重的部件，在他的手中诞生了！

2015年9月3日，纪念中国人民抗日战争暨世界反法西斯战争胜利70周年大阅兵，人们看到的铁甲雄风，如“万马奔腾”、排山倒海般驶过，让战车勇往直前的智能化产品所必需的量具，就是由周建民和他的工友们完成的。周建民先对总的工艺流程和细节进行设计，考虑主要难点是此量规的内腔结构非常特殊，在近1米长的内壁上，两端三分之二部分为锥形孔、中间三分之一部分为16条长槽形态的环状两圆孔，而这一部分恰是这套量规加工的难处所在。怎么办？任务必须按时完成。周建民及其团队又开始了艰难的探索，通过反复比较，最终设计出将整体的内腔分割为三个部分，慢丝电火花加工中间部分，数控内孔磨床加工两端锥孔部分，各单件合格后，再将三体组合成一体的办法。周建民和工友们终于将量规装配成功，归纳总结出了“分体加工法”。这在兵器行业内，甚至在全国也是首创。

武器装备零部件的制作，其精度基本上都在微米级，最高可以达到0.8微米，也就是正负一个多微米。“做量具比绣花还细，我每天都在与毫厘较劲。”周建民说。“差之毫厘，谬以千里”这句话始终像一根弦，将他的心绷得紧紧的，不借助任何机器设备，全凭眼观、耳听和手感，就制作出了多个被专家断定“不可能”，甚至高精密进口设备也做不了的超薄工件，且确保一次交验合格。

“既然有高精密的仪器和数控设备，为什么有些量具还得手工制作？”常有人不解地问。每当遇到这样的疑问，周建民都会拿起一个不规则的物体解释说：“首先从形状上来讲，这个产品不适合常规量具，每一个异形件都需要一个专门的量具来检测，而这些量具往往都是易变形件，用数控设备精度往往达不到要求，加之装配中经常是几个零件组合在一起，厚薄、力度的把握都非常微妙，所以量具离不开手工制作。”

的确如此，比如周建民和工友们在对导弹全形规中的

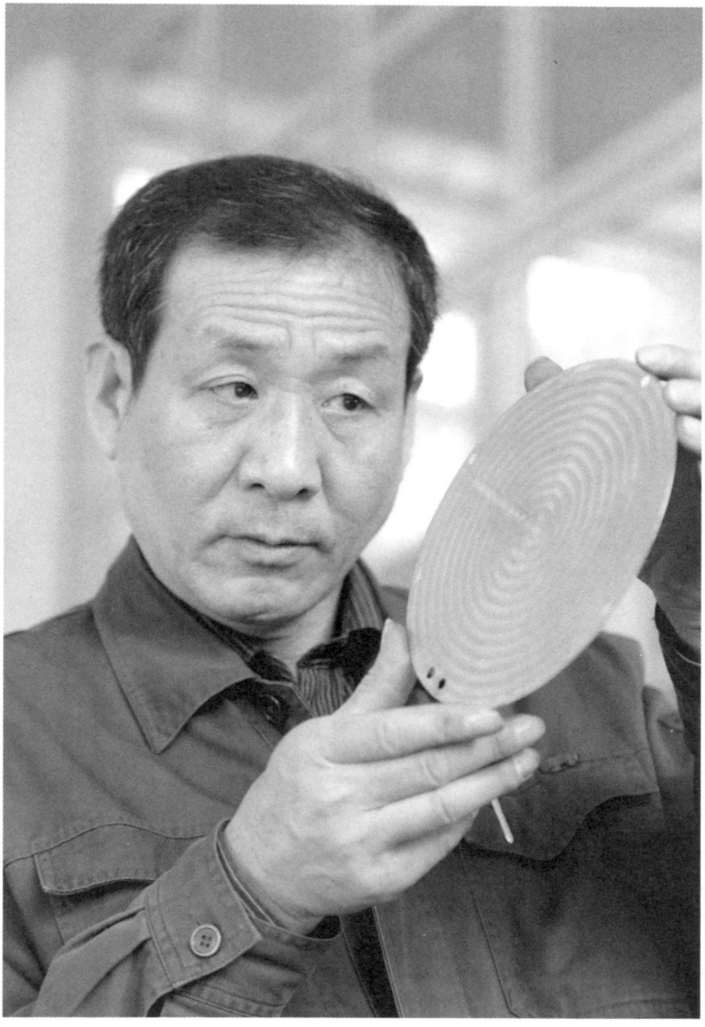

周建民正在加工波导天线最薄的零件

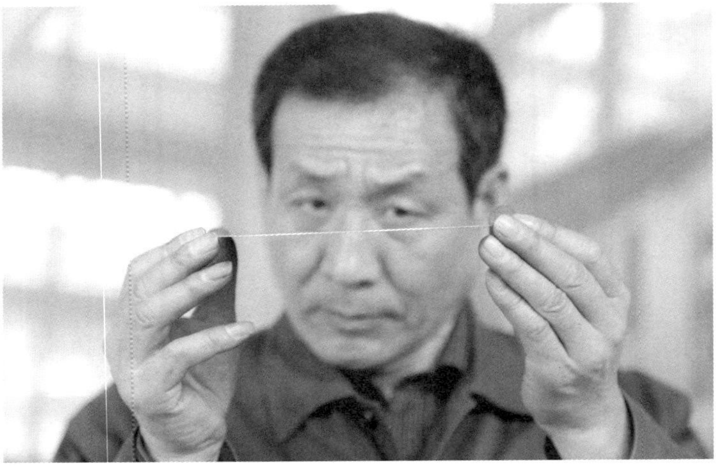

周建民研制的波导天线

全形校对规进行加工时，采用了“同一中心延期加工”这种独特的加工工艺。即在外圆磨床完成磨削二外圆尺寸及同轴度后，砂轮继续正常旋转，需要由钳工将八瓣花键块以键与槽嵌配的形式，用螺钉、圆锥销进行连接固定，在顶尖位置、方向不变的情况下继续对八瓣花键块进行磨削加工，从而保证了在 400 毫米长度范围内尺寸 0.004 毫米、同轴度 0.01 毫米的精度要求。

淮海工业集团承担着国家一些高精尖重点项目的定型投产任务。周建民说：“我作为一名生产一线的工人，解决生产中的难题，完成自己承担的任务，就是自身价值的体现。”他的努力获得了单位和工友们的认可和尊重。时任分厂副厂长的张泽云说：“我们接到任务之后，有些零件的加工难度比较大，第一时间想到的就是周建民，他总是能不负众望地圆满完成任务。”张泽云说得有道理，不久前，某项国家重点核心项目任务交到周建民的手上，其测量的重要产品已经生产出来，但因没有量具无法检测，以致无法装配。周建民三天三夜没怎么好好休息，终于如期拿下这个“卡脖子”难题。

曾有这样的一个事例，公司生产调度找到周建民，说有个重点项目的量具部件太薄，极易发生变形，让他想想办法。这套位置规非常小而且非常单薄，即便是在从美国进口的 300 多万元的进口设备上加工了几次都不行，怎么办？可是生产调度急用。有人好心地劝周建民说：“这活儿干不成，千万别揽麻烦。”但周建民还是义无反顾地接受了这个任务。他首先要解决的就是变形问题，因为面小，没有手感，更不好掌握，这就需要极强的耐心。求人不如求己，周建民研究后得出结论：机器做不成，就靠纯手工来做。确实，如今高精密的数控车床越来越先进，而在“制造”向“智造”的转换过程中，一些量具部件较薄，数控切削反而容易导致变形，而手工操作却拥有克服变形的最大优势，但也对手的力度感和稳定性要求很高，稍不留意就会导致尺寸超差。既要保证尺寸、对称度，又要把握一丝一毫的细微变化，这无疑是很大的挑战。周建民在平板上精心操作，经过几天不停的研磨，终于做出了合格量规。

周建民在操作法中讲到，钳工加工产品，薄片磨到一定的量，拉到一定的尺寸，也就是“扯面加工法”，操作中要注意压力的平稳及工件位置的变换，不然容易拉伤和变形。周建民对此深有体会，在一套量具的生产中，从前期车、铣、刨等粗加工及热处理阶段，再到后期研磨、装配等精加工，复杂的量具制作要花费两三个月的时间，最简单的也需要一周；另外，工艺的流程编排也特别重要，操作顺序稍有差池就废了，量具不精准，就无法检测军工零件是否符合标准，也难生产出合格的产品。

2015 年，由于企业承担的重点科研项目不断增多，一些量具制造技术难题接踵而至，其中有一套重达 800 余斤、长 1.7 米的专用量规，在加工过程中，由于体积大、体量重、精度要求严密，稍有疏忽，就会造成材料浪费和量规报废。周建民针对此套量规，一方面减少搬运次数，以保证加工过程中的安全性；另一方面，由于量规的本体长度所限，在量规本体上难以加工出精密定位基准，不能采用多次移动本体进行装配、检测的加工方法，这就需要有一块足够大的定位检测平板，而钳工组所拥有的最大精密平板是 800 毫米 ×600 毫米，不能满足此套量规装配、检测的打表要求。针对这些困难，周建民利用两米精密平面磨磁台，创新出了“一次定位，做出全部装配件的螺孔、销孔”“一次定位，同一中心打表勾表完成全部组合件的装配和检测”的两个“一次”的操作方法，安全精准地完成了此套超大型专用量规的制造任务。

认真做事是合格，用心做事是优秀。周建民干一行爱一行钻一行，他根据量具生产中有圆形、方形、不规则形等不同形状和大小的状况，通过长期摸索，研制出在量具不同部位增加辅助基准，使量具的生产、检测更加简便易行，这便是“第二基准法”；他提出了对于对称度量规、垂直度量规等，先进行粗加工装配，最后进行整体磨削、整体研磨完成，大大提高了此类量规的加工效率和质量，这便是“整体研磨法”；对于难以加工出精基准的大型量规，他采用粗基准一次定位钻孔配合，装配中辅助同一中心打表勾表，解决了超大型量规基准差、体积大、重量重、搬运难等问题，创新出了“一次装配法”等，这些创新方法在公司内广泛应用，大大提高了生产效率，使量具装配的一次合格率由原来的30%提高到了90%以上。

周建民在成长为顶级技师的道路上，他的切身体会是，没有大量的实际操作经验，就无法触动大脑中创新的神经；没有工作中的勤于思考、求新求变，就无法提升专业技能。勤奋造就辉煌，周建民自进厂以来，先后承担并参与完成了1.26万余项急难任务，且没有出现一件质量问题，堪称奇迹。

2016年，周建民成为山西省荣获中国质量奖个人提名奖的第一人。中国质量奖是中国质量领域的最高荣誉和政府奖项，素有质量界的“奥斯卡”之称，由国家质检总局牵头，两院院士以及政府专家经过几轮公开投票、答辩、现场评审，最后授予国内质量领先、技术创新、品牌优秀、效益突出的组织和对促进质量发展作出突出贡献的个人，共10名个人获得“中国质量奖提名奖”。

面对至高荣誉，周建民说：“我第一次拿到质量奖，有一种沉甸甸的感觉。质量是产品的生命，对于我们军工

中国质量奖

CHINA QUALITY AWARD

中国质量奖提名奖

证 书

为表彰第二届中国质量奖获奖者，特颁发此证书。

获 奖 者：周建民

第二届中国质量奖评选表彰委员会

（代章）

2016 年 02 月 14 日

证书号：2016-ZGZLJ-02-T-R03

2016 年，周建民获得的“中国质量奖提名奖”证书

企业来说更是如此。作为技术工人，就是要在自己的岗位上，勤奋敬业，发扬工匠精神，将一个个设计蓝图变成一件件精品。”

周建民说到了，也做到了，他几十年如一日，在平凡的工作岗位上，专注执着、锲而不舍、精益求精、臻于至善……认真诠释着工匠精神，不断超越自我，演绎着精彩人生。

第十一章 认真履责，党代会上献良策

作为一线工人、最基层的共产党员，周建民连续当选为党的十八大、党的十九大代表，他感到无比的幸福和自豪，深感使命光荣，每次参会都认真履行代表职责，充分反映广大工人的心声与诉求，建言献策，不负重托。这也是周建民人生中浓墨重彩的一笔，灿烂辉煌，意义深远。

2012 年 5 月，周建民以高票当选为党的十八大代表。会议召开前的一段时间，周建民以实际行动向党的十八大献礼，力争要带着科技创新成果去北京。于是他和工友们分秒必争，放弃周末及节假日时间，在“降低量规制造成本、提高量规耐用度”方面开展了创新工作。周建民把重点放在工厂几十年来一直沿用的组合高度规的改进上，采用耐磨材料代替传统工装材料，实施表面强化处理，摸索掌握了涂层工艺对量规尺寸变化的影响规律。经过50多天的努力，周建民和工友们采用定位块斜面胀紧和端面压合的方式，设计制造出了15套使用性能好、结构稳定、外形美观的可调节的“组合专用量具”，与之前相比，耐用度提高了30倍以上，大大降低了公司工具工装的制造成本，并获得了国家实用新型专利，这是他和工友们向党的十八大献上的一份珍贵的礼物。

周建民认为要当好党的十八大代表，就要为工人办事，为工人发声，如此才能对得起大家的信任。所以他工作之余学习从党的一大到党的十七大的指导思想，并到各个分厂找工友，倾听大家的意见和心声，了解到大家普遍关心的问题是：企业的结构调整及给技能人员一个怎样的发展空间。随后，周建民认真撰写提案，把一线职工的心声带到了北京。

2012年11月8日至14日，党的十八大在北京隆重召开。党的十八大报告说，“重视实用人才培养，引导人才向科研生产一线流动”。这话说到了周建民的心坎上。他希望政府加强引导，出台更多的技能人才激励政策和措施，畅通人才发展通道，让人才享有更多的劳动尊严，让更多的工人对技能感兴趣，从“让我干”变成“我要干”，在工作中感觉到自豪感和成就感。

周建民在工作中看到当下一些现状令人担忧，一些年

周建民正在加工卡规

轻人不愿意沉下心来从事钳工工作，更多的是希望学点技术后，去干数控或者辅助岗位等轻松一点的工作；生产一线工人的年龄偏大，人才青黄不接，某种程度上存在断档现象；对技能工人，社会普遍不像对科研人员那样重视和尊重，多数一线技能工人和技术能手，收入偏低。而在实际工作中，是靠一个个普普通通的一线工人及技能人才来支撑企业的发展前行，因此说加强技能人才的队伍建设，才能更好地增强企业的核心竞争力。

周建民作为技能带头人，在党的十八大结束后，他内心产生了一种紧迫感。“报告中提到职业教育，提到尊重劳动、尊重技术，我作为技能工人的一个代表，听了报告，深受鼓舞，感到责任重大，回到岗位，要努力工作，时不我待。”周建民如是说。

随后的5年时间，是周建民人生长河里激流勇进、踔厉奋发的5年：2013年，被聘为中国兵器首席技师；2014年，被中华人民共和国人力资源和社会保障部评为国家技能人才培育突出贡献个人；2015年，获得中国兵器首届“最美兵工人”称号；2016年，获得第二届中国质量奖提名奖（个人）、山西省优秀共产党员、山西省大众创业万众创新大赛金奖，可谓硕果累累。

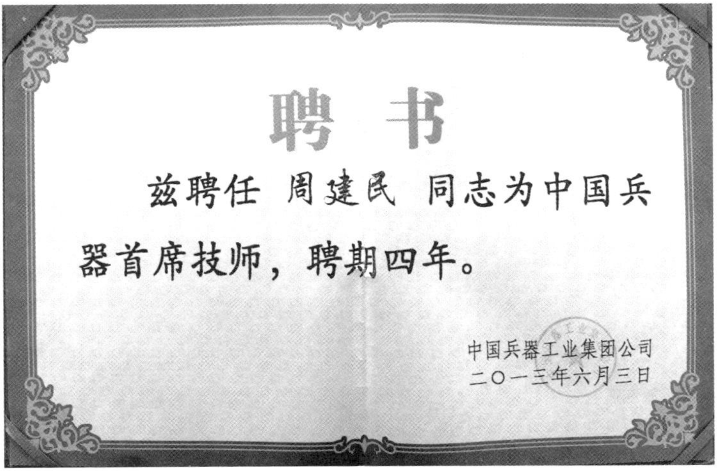

2013 年，周建民被聘为中国兵器首席技师

2017 年 10 月 18 日，北京人民大会堂，党的十九大开幕会上，周建民作为山西军工系统和中国兵器工业集团唯一的一位党的十八大、党的十九大代表，认真地倾听报告。作为一名工人，他能够两次当选为党代表，这是党和国家给予的至高荣誉，也充分体现了党和国家对技能工人的重视，他的内心怎能不激动万分呢！

周建民说："习近平总书记在党的十九大报告中提出，

周建民当选为党的十九大代表

建设知识型、技能型、创新型劳动者大军，弘扬劳模精神和工匠精神，营造劳动光荣的社会风尚和精益求精的敬业风气。我听得心潮澎湃、热血沸腾，咱们就是要撸起袖子加油干，立足岗位，多去解决实实在在的问题，为加快建设创新型国家，实现中华民族伟大复兴作出新的更大的贡献！”

会议期间，即 2017 年 10 月 19 日，周建民参观了“砥砺奋进的五年”大型成就展，看到在刚刚过去的 5 年里，我国国防事业的快速发展，及国家重点项目的一次次突破与超越，作为中国兵器工业系统中的一名员工，他感到深深的骄傲和自豪。

党的十九大闭幕后，周建民返回单位，不顾路途劳累，第二天一上班就走上了宣讲党的十九大精神的讲台。在随后的 30 天时间里，他去了工厂、企业、高等专业技术院校、中学等单位，累计宣讲党的十九大精神十余场次，3000 多人次聆听，现场气氛热烈，人人备受鼓舞。

“党的十九大报告提出，建设知识型、技能型、创新型劳动者大军，弘扬劳模精神和工匠精神，营造劳动光荣的社会风尚和精益求精的敬业风气，这为下一步工作指明了方向，作为军工企业的技能工人，只有投身创新，才能推动军品质量接续攀升！”

“党的十九大报告指出，要瞄准世界科技前沿，强化基础研究，实现前瞻性基础研究、引领性原创成果重大突破。无论时代怎么变化，我们国家的产业发展都需要一颗匠心，工人身处一线，从事看似简单重复的生产活动，其实在创新方面同样大有可为，都能够把自己最精湛的技术

周建民走进长治九中，宣讲党的十九大精神

发挥在制造当中。”

…………

周建民的演讲，感染、感动、影响、带动了在场聆听的每一个人，大家纷纷表示要大干快干实干，为强军强国伟大目标的实现助力添彩。

“听了师父对党的十九大的切身感受与体会，我更坚定了这三尺钳工台就是自己为梦想奋斗的前沿阵地，立足岗位，磨炼技术，争取早日拥有师父一样的本事。”几个月前刚刚成为一名共产党员的刘希说。“我通过周师傅结合工作实际的宣讲，更加深刻地理解了匠心不是循规蹈矩，更不是闭门造车，要在继承中不断探索、勇于创新，为国防事业挥洒青春和汗水。”“80 后”大学生班组长吴岭说。

周建民以实际行动践行党的十九大精神，全身心投入工作中。

2017 年 12 月 7 日至 9 日，“2017 国防邮电产业职工技术创新成果展暨成果转化洽谈会”在北京举行，“国家级周建民技能大师工作室”代表中国兵器工业集团有限公司参展。周建民现场推介说：“产品设计部门的研发成果，最终实现离不开技能工人的创新，即使是传统的装备，一个加工工艺的改变，也会带来军品质量的提升。”同时，他又展示了环形内壁钻孔、内孔去毛刺、可调式卡规等工具工装的发明创造，赢得了大家的称赞和好评。

劳动出智慧，实践出真知。2017 年底，在工具工装的生产中，周建民与工友们一道破解了一些挡手难题：针对多锥交点尺寸的加工，他们对过去全形规加工工艺进行了创新改进，提出了先角度、后长度的方法，自检中也改变

周建民走进企业，宣讲党的十九大精神

造福后人

了以单件校对规为唯一标准的传统做法，提出了以全形校对规为主，以单件校对规为辅的全新理念，将涂色法、透光法、打表法有机结合，高质量地完成了多锥度结构全形规的加工装配；针对舵翼机构装配中存在的问题，首先解决翼片钻孔装配后的角度超差问题，通过改变钻孔夹具的定位结构，改紧固式结构为垂直浮动式结构，保证了翼片铆接后的角度及垂直度精度；对于装配间隙的测力机构，将其以舵机自身进行定位，提升了测量精度。通过以上创新措施，周建民和工友们彻底解决了舵翼机构装配中存在的问题，产生了很好的社会效益和经济效益。

周建民时刻告诉自己，作为一名生产一线的共产党员、一名技能带头人，在平凡的岗位上，要精益求精，大胆创新，高效率高质量地完成所承担的生产任务，努力把99%提高到99.99%，切实将党的十八大、党的十九大精神化为有力行动和坚强保证，为实现中华民族伟大复兴而努力奋斗。这也是周建民作为一个基层共产党员的心声和肺腑之言。

第十二章 多才多艺，不一样的周建民

周建民给人的第一印象是谨慎沉稳、少言寡语，想必与他长期面对冰冷的铁质模板磨具默默工作及攻坚克难、长于思索有关。不过，他身上还具有许多优秀的品质，多才多艺、低调随和、善良朴实、待人热情，散发出特殊的魅力，因此大家都愿意追随他、模仿他。

周建民唱歌、朗诵是一等一的水平，每每参加演出活动，都好评如潮。

早在2012年“五一”国际劳动节前夕，淮海工业集团接到有关部门的通知，让周建民参加山西省总工会“五一”国际劳动节表彰晚会，并与特邀歌手同台演唱歌曲。周建民得知消息，疑惑地问工友：“我能行吗？”大家都笑起来：“周师傅，这是多么光荣的事啊，不仅为咱们公司争光，还为咱班组争光，你一定能行！”周建民也笑了，说：“行，我试试。”

白天，周建民依旧在厂房忙碌，只有晚上下了班，才匆匆忙忙地赶到惠丰俱乐部一遍又一遍地练习歌曲。

这期间，厂里任务比较重，24 套全形规按规定要在 5 月底、6 月初交付使用，数量多、进度急，每套全形规的加工周期都比较长。周建民每天上午早早地来到车间准备好生产工具，做好生产前的准备。由于内圆磨加工深度长，还需要到别的分厂去加工。周建民对工友们说：“我们加工部件比较多，所以要抓紧时间，早安排，早生产，辛苦大家了！”工友们看着他熬红的眼睛，都重重地点头说：“放心吧，听你的！”

4 月 28 日晚，周建民作为全国劳动模范代表参加了由山西省总工会主办的《劳动赞歌》“五一”文艺晚会，他身穿厂服、披挂绶带、胸佩奖章，与省城女高音歌手共同演唱了歌曲《为了谁》。周建民浑厚且带有磁性的男中音，让大家耳目一新，原来他有唱歌的天赋。

周建民唱着唱着眼眶潮湿了，他想起了一幕幕心痛的场景：2003 年，老父亲患淋巴癌病危住院期间，他当时正在赶制一套国家重点项目的量具工装，强忍内心的煎熬，白天上班，晚上还要搬一张折叠床陪护父亲。要强的母亲劝阻说："儿子，妈帮不上你，但不能拖后腿，妈一个人能照顾你爸，你好好工作吧！"忠孝不能两全时，努力工作就是他的最大孝心。2005 年，女儿考上北京交通大学。4 年时间，由于工作忙，他一次也没能送女儿上学，每次看着女儿拖着沉重的行李箱走出家门，就感到揪心地疼。同事劝他请假去送女儿，他故作轻松地说："女儿已经长大了，只要丢不了，就让她自己去吧！"他自参加工作以来，每天早上 7 点准时从家里出发到单位，雷打不动，很少因为私事而改变。

周建民具有一定的讲课水平，他在山西电视台"党课开讲啦"栏目中讲道："艰苦奋斗是我们的优良传统。老一辈兵工人在当时的条件下，没有砖头，就地取材用石头去建厂房盖住所，十几个人住在一个大房间里，青石板就是枕头，穿的衣服都是自己用白布亲自来染制、亲手缝制的，吃的是黑豆、小米就咸菜。在这样艰苦的条件下，前辈们每天加班加点，工作都在十几个小时以上……”周建民全程脱稿，语句流畅，表达自如，并充满情感和力量，感动着屏幕前的观众。

周建民具有一定的朗诵水平。2017 年，山西省工会组织一场活动，他作为劳模代表出席现场，并声情并茂地朗诵道：“作为新时代的兵工人 / 我们要弘扬伟大的建党精神 / 传承红色基因 / 不忘初心、砥砺前行……”他的朗诵抑扬顿挫、高亢激昂、情绪饱满，具有很强的感染力。最后一句“为实现中国式现代化国家，自强不息强军报国”更是展现了新时代新征程的精气神，说到动情处，他的声音震颤有力，饱含着对祖国和人民的浓浓深情和无限热爱。

然而，周建民朗诵完毕，主持人对他现场采访时，他又变得少言寡语了，只是回答道：“我觉得一个人就应该实实在在地做点事。”话不多，但朴实无华的语言深深打动了在场的每一位观众，赢得大家热烈的掌声。

的确，周建民是个不太爱说话的人，当媒体记者慕名而来采访时，他显得很拘谨，一问一答的方式似乎才能让他开口。他不会展示自己的成绩，在对自己工作的介绍中，说得最多的一句话是：“我只是做了自己分内的工作。”

周建民参加朗诵节目

徒弟们了解周建民，说：“我师父是个实干家，他话是不多，但以身作则、尽职尽责，多年来悉心培养教导我们要做时代的新人，并以实际行动带领着大家解决了一个个‘卡脖子’的难题。”

妻子了解周建民，说：“他在北京理工大学学习时，我去给他送棉被和棉衣，正好厂里有辆车去北京，我说搭车吧，可他不愿意去说这句话，是不想让家里人占公家一点便宜，我只好买了火车票；还有女儿大学毕业后，让他找人说话，给女儿找个工作，他也不去，以致女儿一个人背井离乡地去外地打工；再者，他遇到工作上的难题，回到家后，一句抱怨和牢骚的话也不说，只是默默地在桌前看书、研究量具。”

周建民不是不爱说话，当遇到同行或知己时，则有说不完的话，有一种“酒逢知己千杯少，相逢何必曾相识”的感觉。

有一年国庆节，淮海工业集团邀请荣获全国首届技能大赛第一名的山西永济电机厂全国劳动模范张峰杰来集团讲课。张峰杰和周建民一样，不爱多说话，可是站在讲台上讲授钳工技艺时滔滔不绝，让大家听得津津有味、赞叹不已。周建民送张峰杰回去时，两人忘我地深入交谈着技能大赛的心得和工艺创新的钳工理论，即使路过皇城相府等知名景点，也没有停下来看风景。几个小时的车程，两人非常投入地谈了一路，甚至到了目的地，在食堂吃饭时，还在交谈。

周建民不是话少，而是没有多少人愿意走近、领会，并愿意与他沟通那些枯燥的理论和技术实践。但当他遇到同行知音时，立刻像换了一个人似的，因为只有在自己的技术领域，他的内心才是富足的、丰盈的，有说不完的话。

周建民内敛，才美不外现，对生活始终抱有热忱、热爱、感恩之心，给工友们留下了深刻的印象。

有一次，淮海工业集团召开一场讲述劳模故事的大会，周建民当了主持人。他脱下工装，穿上西装，精神奕奕地站在舞台上，讲话时具有丰富的知识和令人佩服的语言表达能力，这让工友们很惊讶，感觉周建民不仅是一个高技能人才，还是个全面发展的兵工楷模。

周建民还走进校园，以“爱国宏志，博学创新”为主题，鼓励学生们好好学习、立志成才；走进部队，以“赓续血脉，矢志强军”为主题作报告，让战士们深受鼓舞，斗志昂扬，提振了士气，战士们纷纷说，要立志为强军兴军的宏伟目标而努力。

在纪念“三八”国际劳动妇女节 112 周年暨 2021 年度女职工工作总结表彰大会上，周建民以山西省委军民融合办兼职工会副主席的身份参会并讲话，他希望广大女职工努力学习知识，刻苦锤炼技能，大胆开拓创新，弘扬工匠精神，为企业的高质量发展贡献自己的力量；希望爱人以德、奉献社会，充分展示女性美好，展现兵器女性的亮丽风采。周建民的演讲博得台下女同胞的一致好评。

周建民还是淮海工业集团党的创新理论宣讲站及《道德讲堂》的主讲人，经常在演讲中诠释人间大爱、做人做事的素质修养等。周建民不仅是停留在口头上，还付诸行

周建民走进部队，以“赓续血脉，矢志强军”为主题作报告

动，他的眼里有日月星辰、人间烟火，他心地纯洁、质朴善良，温暖他人，留下佳话。

有一年冬日的傍晚，周建民回家时到菜市场买菜。他来到一位60多岁的老妇摊位前，当时正赶上下班，买菜的职工很多，老妇忙中出错多找给他10元钱。他回到家发现后，便立即返回到摊位上退还。老妇看着周建民激动地说："还是好人多啊！"10元钱不算多，但对于一个卖菜的老妇来说，周建民想到了"汗滴禾下土"的艰辛。还有一件事发生在周建民上班的路上，他当时骑着自行车正往厂里走，一个长者问路："师傅，问您一下，去焦家庄的路怎么走？"周建民当时正在想着工作中的一个难题，没有多想，就用手指着往西方向的路说："你往前面走，右手的那个村子就是。"周建民骑着车继续往厂里走，过了一会儿，他的脑子里才清晰地出现"焦家庄"三个字，不好，给人家指错路了，于是他调转车头紧蹬车轮，追了一公里路，见到长者说："不好意思，刚才给您指错方向了，应该顺着路往东走！"他说完这句话，心里感觉轻松了很多。

"子欲为事，先为人圣。"从一件件事例中，我们可以看出周建民走过的闪光足迹，他兴趣广泛，拥有丰富的人生经验，给予别人更多的启迪和借鉴；他笃实尚真，身上折射出美好而温暖的人性光芒，让世界多了一束光。不一样的周建民，像一幅丰富多彩的油画，经看耐品，阅之悦之。

第十二章 红色传承，奋楫扬帆逐浪行

长治是一座有着光荣历史的城市，全民族抗日战争期间，黄崖洞兵工厂一批兵工匠人利用磨盘打造枪管空洞，用纺车式土镟床拉出合格的膛线，改进淬火工艺来解决枪机撞针和工具生产问题，制造出“中国第一枪——八一式马步枪”等枪支，从此，我军有了自主设计、统一生产的兵器，为打击日寇、解放全中国作出了卓越贡献。

周建民成长于长治这片红色的土地，继承了老一辈革命家艰苦奋斗、勤奋创业的精神，老一辈兵工人制造出

“中国第一枪——八一式马步枪”，而他作为新一代的兵工人应该有新的创新和创造。2018 年，周建民及其团队开始国家某重点产品的研制，以此作为技能工人为建厂 80 周年献上的珍贵礼物。

在工作中，有人遇到难题和问题，想到的先是困难，没见过，无从下手，没有加工设备，不可能完成；有人会很勉强地说，不知道能否干成，试试吧；还有人这样说，有条件干，没有条件创造条件也要干。周建民就属于第三种人。

国家某重点产品的加工制造，是周建民从业以来遇到的比较艰难的考验。其中，2 米多长、两个半圆所形成的超深孔的加工是关键。这个孔不是一个圆孔，是由三个零件组合到一起，上面有个半圆孔，下面有个半圆孔，中间有绝缘体，因为它要形成电流回路，是靠电磁力把子弹打出去，因此这个长孔的圆度及直线度的加工相当困难。他们走访了国内富有深孔加工经验的厂家，最后都被告知无能为力，求助不行，只能靠自己的能力创新了。

周建民及其团队进行深孔加工时，开始是粗加工没有问题，但是精加工的时候，不知道该怎么往下走了。最后，周建民建议单件留余量，装配以后再加工完成。大家

中国第一枪——“八一式马步枪”

问为什么不一次加工完成，他说全部装配完成后，一旦变形，就难以掌控了。大家按照这个方案加工，可是干着干着，拿什么工具来加工这个 2 米多长的组合而成的非全形的超深孔？这又是一个难解的问题。

周建民画了图，打算用铰刀解决。因为他们这是工模具分厂，加工的工具和手段非常齐全，他设计了一种和市场上不一样的可以加工孔的铰刀。可是，这个铰刀开始也不行，有点弯，保证不了孔的直线度，而子弹是需要直线射击的。他苦思冥想多天，是不是因为这个铰刀前面有个导向杆的问题呢？

面对新的难题，周建民采取不等长导向式铰削，也是第一次用这么长的杆，效果还可以。但是接着又出现问题了，之前的高点及弯曲点切不到，内孔怎么能做成像手机屏一样光滑？只有在铰刀上去创新。之后，大家聚焦智慧解难题，想办法稳定铰刀，不要在孔里面发颤，不然会有振纹，最后采取新的办法固定铰刀，让它稳稳地进行切削，解决了孔的光洁度问题。周建民给这种方法起了个名字叫“跨齿铰削法”。

某重点产品研制期间，周建民在给工友们安排好工作后，觉得没什么问题了，便放心地去上海学习。谁知有一天晚上，他正在宾馆休息，工友打来电话说："深孔出现一边孔大，另一边孔小的问题。""怎么会出现之前没有料到的问题呢？"周建民反复思考后告知工友，分别从孔的两头反复地一点一点进，最后保证了两端的孔大小一致，验收合格。

2019年9月8日，淮海工业集团80年厂庆的这一天，国家某重点产品研制成功。周建民在此产品生产过程中，申请了《一种细长孔径测量装置》《变径式钻削工具》《综合式数显多孔径深度检测测量装置》《一种组合式超深孔加工用铰刀》4项专利。

某重点产品研制期间，周建民经过一年多的时间，克服了一个个接踵而来的困难，用寝食难安来形容一点都不为过，他的体重下降了六七斤，头发也稀疏了很多。当时，也有人劝他："你过几年就该退休了，该有的荣誉都有了，如果做成皆大欢喜，如果做不成名声受损、丢面子，何苦呢？"周建民也在问自己何苦呢、为什么，这也许是一名共产党员的担当，是血液中流淌的红色基因吧！

周建民始终没有忘记自己是一名兵工人，他多次到黄崖洞兵工厂旧址参观。这里是八路军于1939年9月在太行山黄崖洞创建的第一座军工厂，周围是绵延的悬崖绝壁，如刀削斧凿般直插云霄，隐蔽性好，易守难攻，但也面临物资匮乏、交通不便的困境。但无数兵工人克服了常人难以想象的困难，创造出了一个又一个奇迹，为后人留下了宝贵的精神财富：自力更生，艰苦奋斗，开拓进取，无私奉献。周建民时常深有感触地对工友们说："老一代兵工人在当时简陋的生产工具和条件下，从开始简单的大刀、长矛的修理，到后来的手榴弹、地雷、枪支、炮弹，能够想方设法为前线提供好用、顶用、耐用的武器，最高一年产量可以装配16个团，那种自力更生、勇于创新的精神值得我们学习和继承，是战胜困难的动力源泉。"

在周建民研制工作最繁忙的时候，妻子王茂枝的腿疼痛加重，医生建议到北京检查治疗。由于她一个人没有出过远门，可周建民实在走不开，无法陪同，只好让妻子选择了乘坐从长治到北京的飞机，把她送到机场，让在北京的女儿接母亲去检查。几天以后，女儿打来电话，说妈妈是血管瘤一类的一些病变，医生要求进行定期复查，以防止恶性转化。王茂枝知道了检查结果，承受不了心理压力，有一天，她给周建民打来电话，只说了一句话："我想回家！"他听了妻子难过的话语，感到非常内疚，下班回到家，冲进卫生间，拧开水龙头，大哭了一场，自己怎么能不想陪妻子看病呢？然而，强我国防的使命担当、兴我中华的家国情怀，远远胜过了儿女情长，他别无选择。

周建民时常说的一句话是“带着感恩的心去工作”。在国家某重点产品的加工研制中，淮海工业集团研究院院长领着一行人来到工作室，大家一起研究，加班加点，晚上一起吃盒饭，时常探讨和研究到深夜；淮海工业集团主

周建民和工友们研制重点产品期间加班加点，晚上在车间吃盒饭

管领导多次参加研讨座谈会，协调财务、人力、采购等相关部门密切配合，畅通了 3 万元以下攻关费用“大师直批快速通道”，等等。各级部门和领导的关心、帮助和支持，使周建民和工友们可以放心大胆地干下去，直至成功。

淮海工业集团历史悠久，具有最纯正的红色基因，从 1939 年的黄崖洞兵工厂到今天的集团公司，处处充满着浓浓的军工文化氛围。单位每天上下班吹军号、做早操，统一着装，统一佩戴工作证；车间悬挂着“质量强军、保家卫国”“执行是能力，落实是水平”“困难面前不退缩，执行制度不走样”“请党放心、强国有我”等标语，尤其是“人民兵工精神——把一切献给党”的宣传版面尤为醒目。忠诚、责任、担当、继承、创新是企业红色文化的重要组成部分，“老区精神”“人民兵工精神”“抗战精神”“太行精神”是淮海人的动力源泉，这怎能不具有强大的凝聚力和战斗力呢！

2021 年 6 月 28 日，周建民被中共中央授予“全国优秀共产党员”称号，他用自己的实际行动践行时代担当，用坚守、执着、毅力在平凡的岗位上让生命绽放出美丽的光芒，无愧于这一光荣称号。同年，业绩突出的周建民又当之无愧地获得了由全国总工会和中央广播电视总台联合评选的 2021 年“大国工匠年度人物”称号。在颁奖典礼上，周建民身着标志性蓝色工装阔步走上颁奖舞台，接过金灿灿的奖杯，高高地举过头顶，这一刻是对他 40 多年间埋头苦干、务实创新的最好见证。

中央电视台播放了周建民制造导弹全形规的艰辛过程，及 2014 年在朱日和联合军演中，99A 型坦克首次公开实弹

周建民荣获 2021 年“大国工匠年度人物”称号

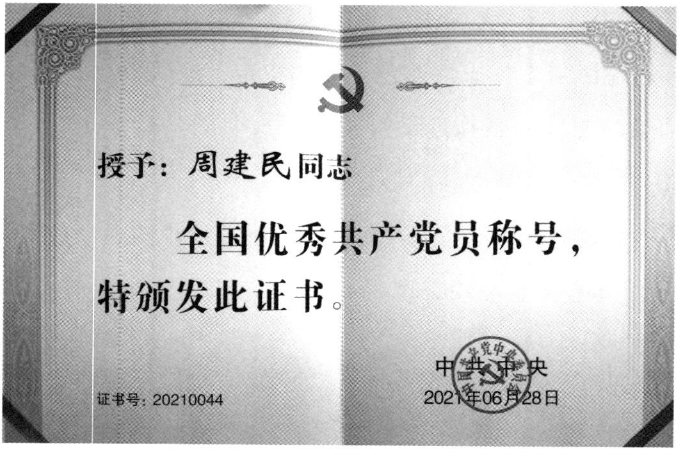

周建民获得全国优秀共产党员称号证书

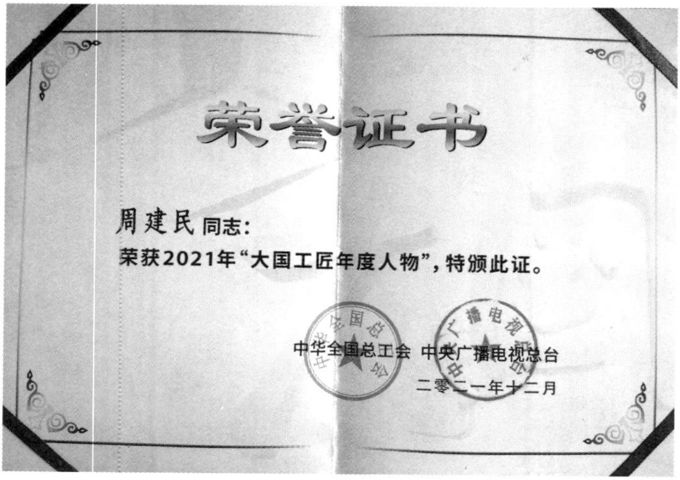

周建民获得 2C21 年“大国工匠年度人物”证书

击发，其优越的实战性能和精准的目标打击能力惊艳世界的影像画面。

军事专家杜文龙教授这样说：“大国工匠的共同点是无比精细、无比平凡，和他们聊天，两个高频词特别多，第一叫头发丝的距离；第二叫针尖儿大小的地儿。如果把大国工匠放在一帮人里面，好像真的找不到多看他一眼的理由，但是他的思维的创新力，包括想象的创新力以及手上的绝活和绝技，都能够化平凡为神奇，这是一般人做不到的。”这段话对周建民等“大国工匠年度人物”获得者的评价可谓恰如其分。

周建民面对广大观众，慷慨激昂地说：“特别为祖国感到骄傲，这款导弹从科研到生产那么多人付出了心血，自己在这里面发挥点作用，真的感到非常自豪。我们军工人就是不穿军装的兵，我们的战场就是岗位，我们的任务就是攻坚克难。我们要把老一辈兵工人用汗水、鲜血乃至生命染红的兵工大旗，坚定地扛起来、传下去。”他坚定而饱含深情的话语表达了长期奋战在基层一线兵工人的共同心声，也表达了他对红色精神、工匠精神的深刻理解和认识。

第十四章 大师联盟，众人拾柴火焰高

在体育运动中，组合拳通过利用各种单一拳法的组合连续攻击，从而达到击中对手的目的。组合拳也比喻多项措施配合起来使用，从而推动产品高质量发展。

2020 年初，淮海工业集团很好地利用了“组合拳”的作用，将 27 个工作室联合起来，其中国家级 3 个、省级 7 个、职工创新及劳模工作室 17 个，实行跨部门、跨领域、跨工序合作，首创性地组建了全国第一个技能大师工作室联盟（以下简称“联盟”），由中国兵器首席技师周建民、杨兴隆、刘波，中国兵器关键技能带头人陈培亮、吴永刚、董智斌、刘希、付海、刘锐等高技能人才领衔，以数控加工、编程、维修、钳工等优势工种为主体，签约300名员工。

周建民担任联盟负责人，他和团队人员别具一格地把联盟打造成“匠心空间”，分为“初心·传承”“欢心·荣誉”“精心·铸品”“暖心·关怀”“齐心·交流”“匠心·榜样”“慧心·创优”“静心·研习”8个匠心区域。这为工作室大师工匠们在攻关、传艺、创新、交流方面提供了很好的场地，营造了“有难题找大师，要攻关到联盟”的良好氛围。

每年春天，联盟都会举行“工匠踏春行”活动，组织工匠们到各个分厂、关键工序实地调研走访，现场咨询、征集生产上存在的问题，有哪些瓶颈，一一地记录下来，然后发布出来，让大师们揭榜挂帅来解决。“这个难题有哪个工作室解决一下”“这个问题由我们两家工作室来解决吧”……大师们纷纷举手发言，争抢着一道道“卡脖子”难题。在办公室，可以看到一个表格式的展板，这是每月拿出来揭榜挂帅的项目，即将完成的项目用绿色标注，还在推进的项目用红色标注。“一个揭榜，同题共答；一个

大师工作室联盟一角

传承

挂帅，全体出征。”其中，80% 的项目由多个不同的工作室联合揭榜，创新成果竞相涌现。

“好风凭借力，扬帆正有时”，联盟联合攻关很快解决了两个棘手的难题。

2022 年的珠海航展，一款全新研发的 CR500 无人直升机引起大家的关注，此款无人直升机螺旋桨旋翼轴的

大师工作室联盟展板，是每月拿出来揭榜挂帅的项目

加工正是出自周建民之手。最初，联盟接到该项加工任务时，周建民认为不是能不能干的问题，而是如何去把它做到最好。旋翼轴是一个典型薄壁零件的加工，精度要求达到 0.004 毫米以内，要防止变形，需要配芯轴去进行加工。但是，旋翼轴在加工以前有弯曲度，配上芯轴把它撑直了，加工完之后取出芯轴，旋翼轴又变形了。另外还存在一个问题，配这么长的芯轴，如果里面有一点杂质，芯轴就会卡在里面，整个产品便报废了。为此，周建民及其团队创新出了“低熔点合金油膜柔性芯轴法”，即在芯轴外圆和内孔中加入机油，使芯轴和薄壁轴内孔之间形成一层薄薄的油膜，在两头用低熔点合金让它形成一个密闭的空间，再装芯轴的时候，里面柔柔的，从而减少了车削、外圆磨削加工时的工件振动，同时又避免了芯轴与薄壁轴内孔的面摩擦而可能产生的划伤及滞死现象。对于旋翼轴的加工，周建民及其团队还采用了“内应力预放法”“切削变形伸长疏导法”，实现了细长薄壁类零件加工的工艺突破。其中，“低熔点合金油膜柔性芯轴”操作法获得 2020 年中国兵器工业集团第六届创新竞赛“特色操作法”奖项，为企业创造了可观的效益。

接下来，联盟又解决了弹体容积检测的难题。在某产

无人直升机

品的加工工艺中，其内腔的填装量是一个非常关键的参数，因此对其容积进行精密的检测是制造行业的一个难题。同时，该产品自身的重量也是加工工艺中的另一个重要因素。该产品在以前的生产过程中，对产品容积的测量都是采取“称水法”，此方法的测量装置需要使用管道向产品内腔进行注水，且需要进行称重，最后将水排出，整个过程操作烦琐、费时费力、效率低下。另外，“称水法”对容积的测量精度低，并容易造成产品生锈，还由于产品内腔呈鼓肚形状，其尺寸和形状无法精确测量，使产品重量参差不齐，最后影响到产品的装配。联盟充分发挥集群效应，合力办大事，先后成立了“周建民国家级技能大师工作室”“杨兴隆国家级技能大师工作室”“刘波国家级技能大师工作室”等 5 个工作室联合小组，对该产品生产过程中存在的难题进行攻关。其间，他们连续数日在车间反复试验摸索，最终圆满地攻克了这一难题。

在联盟会议室里，分别摆放着 2021 年、2022 年、2023 年、2024 年的全年工作总结，从年初的一张纸到年末的一本书，从中可以看出联盟解决了多少生产瓶颈和难题。同时，每一个国家级大师工作室每年也要进行一次工作总结，包括技术推广、节创价值、专利、论文论著等支撑材料，然后由中国兵器工业集团有限公司给予评审，合格的给予15万元的资金支持和奖励。

周建民及其团队以“传红色基因初心献兵器，育金牌蓝领匠心报国防”作为培养人才的宗旨，定期在“匠心空间”举办“花开满园”职工职业技能培训班。周建民有自己独特的授课方法，学员同时听课，不一定同时下课，每个学员在他面前操作过关、达到要求了，才可以离开；如果不行，他会指出错误或哪个方面需要加强，学员再去练，过关了，再下课。他培训学员的目的是学会，而不只是学了。讲堂设计别致，天花板是满天星，正面是中国兵器工业集团的标志——北极星，意思是每个人只要努力都可以成为一颗闪闪发光的星辰。而今经过培训，企业高技能人才的数量由成立之前的占比不到30%，到2024年底已达到50%，提升了近一倍。

企业不仅需要技能人才，未来还需要更多的大师。周建民看得更远，他鼓励联盟成员参加各种技能大赛，充分展示自己的技能，仅2022年，就获得比较好的成绩，其中1人在国际大赛中获奖，35人在国家级大赛中获奖，6人获得“全国技术能手”称号，33人在中国兵器工业集团技能大赛中获奖，113人在省级技能大赛中获奖，42人获得“三晋技术能手”称号，实现了从一个大国工匠到一群大师工匠的绽放，将“一枝独秀”变成了“花开满园”。同时，周建民还常带领联盟成员和省外的工作室进行交流，取长补短，共同提高。

联盟对于培养一专多能的高技能人才起到了很好的作用，之前，虽然单一工作室培养的徒弟在“一专”上达标了，但在“多能”上还是存在差距；而通过联盟培养的徒弟，经过多工种共解难题的锤炼，在“多能”上更加全面。例如，有个零件加工，既需要钳工，又需要数控，还需要热处理，由多个工作室协同解决后，之前的“独奏曲”变成内外多方合力的“交响乐”，大家相互学习和通融，大大提高了工作技能。

在联盟办公室，陈列着许多艺术品，有“星际旅行飞行舱”“腾飞吧，战机”“羽毛球”“初心”等。例如，赵惠荣的作品“初心”，利用 Q235 材料，采用“氩弧焊”和“摇把焊”工艺，从构思到成型，历经下料、打磨、平整、去锈、焊接、修正、表面处理等工序，党徽按标准尺寸缩小，数字“100”代表中国共产党成立 100 周年，表达了技能工人一心向党、报国强军的初心和使命；刘波用数控加工做的羽毛球，薄如蝉翼，最薄处仅有 0.2 毫米。军品的某个零件，可能看不懂，而用这些技术做的艺术品就会一目了然，从技术到艺术，可以从中感受到充满活力的科研创新氛围。

“匠心空间”还有4块醒目的展板，分别是周建民、杨兴隆、刘波3位国家级大师的项目介绍；另一个空白展板

赵惠荣职工创新工作室制作的“初心”作品

留给下一位国家级技能大师，7个省级大师工作室谁做得好，能第一个被评为国家级大师工作室，就留给谁。这种独具心裁的设计，是周建民鼓励大家积极参与竞争和提高能力的一种激励机制。

初心不变，奋斗不息。2022年，淮海工业集团举行大师工作室联盟“揭榜挂帅”现场会，对32个重点攻关项目进行张榜公布。年近60岁的周建民除亲自挂帅7个项目外，还负责跟踪检查所有项目进展，督导解决项目攻关过程中出现的问题。“下一步将带领大师工作室联盟成员们，齐心协力、勇闯难关，把揭榜挂帅的项目全部按节点完成。”周建民站在新的高度，向着新的目标奋楫再出发。

一人拾柴火不旺，众人拾柴火焰高。联盟自成立以来，各个工作室相互合作，成为企业攻坚克难的“主力军”、培育人才的“蓄水池”。2020年至2024年，联盟共进行56场钳工、车工、数控等技能知识和工匠精神的“大师讲坛”专题培训，受训人数达上万人次；完成各类攻关项目298项，节约创造价值2989.4万元，成效斐然。

第十五章 退而不休，一直奔走在路上

“生命不止，退而不休”，成为周建民退休生活的真实写照，他多年积累的丰富经验，没有因为退休而荒废，而是继续向着人生的下一个高度迈进。

2023 年，60 岁的周建民办理退休手续后，有不少单位邀请他加盟，甚至说不用来工作，只要挂个名就行。周建民一一拒绝了，作为一个兵工人，“把一切献给党”是他一生坚守的誓言，不可动摇；再者，他认为自己一路走来，成为“大国工匠年度人物”，离不开淮海工业集团多年的培养。对于周建民来说，企业、工友，周围熟悉的一切，是一种无法割舍的情怀，他知重负重，决心与工友们一道攻坚克难，发挥余热，助力企业发展。

周建民被单位返聘后，继续担任技能大师工作室联盟负责人，他积极以“周建民技能大师工作室”及“大师工作室联盟”为平台，协助各联盟工作室完成“揭榜挂帅”项目；遇到精度要求高的量具，自己亲手去做；厂里有了攻关项目、“卡脖子”的难题，他与大家一起努力，共同解决生产挡手难题。周建民认为，作为一名技能工人，解决难题就是自己的责任，义不容辞。

2024 年，企业检验计量部在分厂组织某产品喷管机及成品验收时，发现 2 件产品存在疑义，即将锥度量规放入喷管中，对于锥度量规测量大口端面是否高出产品端面，用肉眼或手感触摸难以进行判定，但通过 20 倍电子放大镜辅助观测，零件部分却高于量规上限端面，不符合量规检验要求。鉴于该锥度量规的制造难度及检验过程中的不便，有部门建议工具制造分厂将量规的制造外协，以制造出精度更高的交验量规。针对此种情况，周建民及其团队毅然承担了高精度锥度量规的加工制造任务，他与厂里的技术人员一道，改变量规结构，进行分体加工，从设计到完成只用了3天，就交付出了5套合格量规，满足了生产的急需。

周建民以前上班随叫随到，除了解决本部门工作的难题，也兼顾其他部门遇到的问题。而今，他依然保持雷厉风行的风格。有一次，针对某产品合膛模在外观检测中所出现的划痕问题，企业要求在一定期限内解决。周建民没有推卸责任，他和钳工师傅们一起加班加点，通过改变研磨杆的结构及尺寸，优化修理工艺，按期解决问题，保证

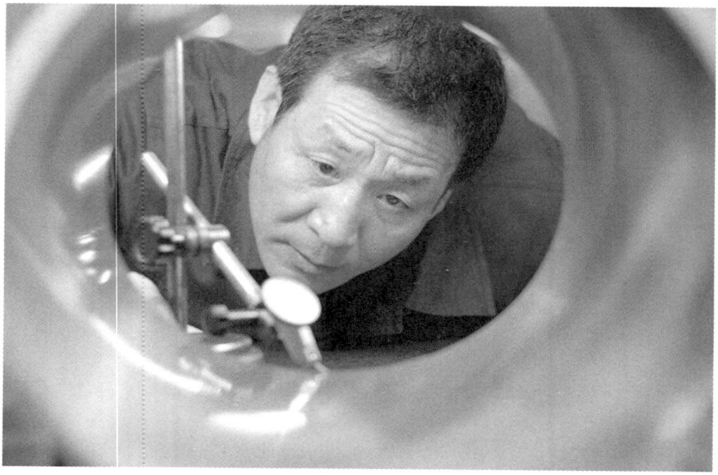

周建民正在检测量规

了产品生产的顺利进行。

周建民的徒弟刘希之前从事工具钳工，几年前换了一个部门，从事装配钳工，不和周建民在一起工作了，但在生产中遇到问题，仍向周建民请教。有一次，刘希遇到一个科研产品，做成后一直达不到要求，良品率特别低，琢磨了好几天，始终解决不了，便在第一时间请教周建民。周建民在刘希做的基础上加了一个零件，良品率基本上达到了要求。

周建民还把更多的精力用在“周建民操作法”的传播上。“单丝不成线，孤木不成林。”周建民认为自己能做的工作有限，他通过开设讲座，更大范围地讲授“周建民操作法”，希望培养出越来越多的技能高超又能创新的符合新时代要求的高技能人才，人人成才，才能更好地助力祖国从制造大国走向制造强国。

2024 年，周建民的工作安排得紧张而密集。4 月 23 日，淮海工业集团举办“工艺技术知识专项培训班”，培训对象是各单位科研人员、工艺技术人员，周建民从工作实践角度讲授了“量规加工过程中的工艺技术知识”；10 月 31 日，周建民被陕西省总工会聘请为“三秦英才特殊支持计划卓越技术技能人才项目评委”；11 月 12 日，山西机电职业技术学院骨干教师一行35人，前往淮海工业集团开展交流培训，特地邀请周建民开展“周建民操作法”交流授课；11月16日，长治工匠学院举办长治工匠型专业技术人才（机器人焊接技术）培训，周建民为培训班授课，诠释工匠精神，分享精益求精的工作经验；11月23日，

周建民在检测同轴度量规

晋工经济技术部举办“践行教育家精神　勇担新时代使命——劳模工匠师资培训班”，邀请周建民前去授课……

周建民在10多年前就担任了多家技术学校指导老师，退休后继续工作，他为学生们制定适合的实践课程，让更多的学生掌握到更实用、更扎实的知识。例如，华北机电学校设立了“周建民国家级技能大师工作室华北机电学校指导站”，配套有50个操作工位，分别涵盖机械制造技术、金属热加工技术和数控加工技术三个示范校重点建设专业，主要从事现代加工技术的实践教学、科研、创新及竞赛工作。周建民定期给学生们讲课，他边讲边让学生们训练，真正做到了理论和实践的统一。近些年，周建民走进校园，传授技能，使多名教师成长为“三晋技术能手”、高级技师，其中有学生被人力资源和社会保障部授予“雏鹰奖”，有的学校被评为“全国技能人才培训基地”。

长期在一线工作，使得周建民的身体状况并不好，由于长时间面对灯光操作，40多岁眼睛就花了；颈椎和腰椎时常疼痛、麻木。2024年11月下旬，也就是本书开始部分，周建民去太原工匠学院讲课的前几天，他刚从北京看病回到长治，讲课当天还在吃药。虽然很疲惫，但是讲课时，他依然保持着饱满的精神，声音洪亮，特别是看到学生们认真听讲，很是欣慰，好似所有的病痛一扫而光了。

周建民苦着乐着，有朋友好心地劝他说："干了几十年，也辛苦了几十年，到了颐养天年的时候了，怎么不心疼自己呢？"周建民只是笑笑，并没有过多解释，也许这是他的一种责任和担当吧。

周建民一直有这样的忧虑：如今，高技能人才"老化"问题严重，随着数控机床的发展，不用普通车了，一些手工技术面临失传，个别工种出现断档现象。一些工种虽然

周建民在华北机电学校参加座谈会

可以淘汰，但钳工是最后一道工序，比如，产品零部件的装配、易变形产品的加工等，精确度要求高，车床没办法替代钳工。而一些年轻人不愿意学钳工，使命担当不足、浮躁自卑的情绪、工作差不多就行的态度及当工人低人一等的思想依然存在。面对这种情况，周建民希望尽自己的微薄之力去改变和扭转，做一些力所能及的事情。

周建民在一次讲座中说道："目前，国家大力扶持高技能人才的发展，提高工资福利待遇及政治待遇，这些都为工人的职业发展创造了非常好的环境，各行业对专业技能人才的需求量很大，未来的工作前景十分广阔。例如，过去国务院政府特殊津贴只给技术人员，现在向技能人员倾斜，有关单位每年都举行各种技能大赛，提供了一个很好的平台，有了高超的操作技能才能在比赛中取得名次，才能更好地成长，走得更远。"周建民还以自己的亲身经历，鼓励员工沉下心来，少说多做，那样才会从一个普通的工人一步一步地成为大国工匠，劳有所值，劳有所获，受到社会的尊崇和尊重。

周建民所在的四分厂举行了"合理化建议"的抽奖活动，不少人抽到了2000元或3000元的奖金，就是让技能工人能够以文字的方式写出自己的经验，保留下来并存

周建民（左）在给技校学生讲课

档，以避免一些工序因为老工人的退休而失传。周建民深知时不我待，于是抓紧时间，积极做好总结归纳，他根据产品的要求、精度、形状、大小等情况的不同，选择不同的检测方法，总结出“平台检测法”，就是在检验平台上，利用通用的测量、辅助等工具对产品尺寸进行测量的一种方法，这是钳工以及技能工人都应当掌握的方法。周建民担心这种方法失传，于是赶紧进行分类整理，认真总结，形成文字留存。

2024 年，对于周建民来说是不寻常的一年、值得喝彩的一年。9 月 30 日，为庆祝中华人民共和国成立 75 周年，周建民受邀参加了在人民大会堂宴会厅举行的招待会。当天晚上，宴会结束后，周建民把自己不舍得吃的一个鲜桃

四分厂骨干员工组成党员突击队攻克生产难题（右四为周建民）

2021年，周建民被评为全国优秀共产党员，在北京参加庆祝中国共产党成立100周年庆典

2024 年，周建民受邀参加中华人民共和国成立 75 周年招待会

和别人送他的一个鲜桃，高兴地带回家给了妻子和女儿，她们都说桃真好吃、真甜。那一刻，周建民的心里很欣慰，让她们和自己一起分享这份幸福和甜蜜，也是对家人最好的补偿和最深沉的爱！

妻子王茂枝曾经想，丈夫退休后可以歇歇了，也可以到处走走、看看风景。周建民也答应了，和妻子一起照看小外孙女，共享天伦之乐，可是却没有做到。王茂枝也由最初的不理解、想不明白，到后来的支持，丈夫一辈子就干这一件事了，由着他吧。

“优秀不是一种行为，而是一种习惯。”这意味着要想变得优秀，需要干一行爱一行，坚持不懈地做下去。研磨、检测、装配一套动作，周建民已经整整重复了40多年，仍在乘风破浪前行，是真正的行者。他不在乎走了多少路，只在乎创新有多远，自己就要走多远，不断成就全新的人生。

后　记

2024 年 11 月 19 日傍晚，我接到中国工人出版社编辑的电话，让写大国工匠周建民的传记，只有两个半月的时间，采访并交稿。时间紧，任务重，若要保质保量，的确是一个“硬活”，但我还是很爽快地答应下来。周建民 40 多年如一日，在平凡的工作岗位上兢兢业业、埋头苦干，仅凭一双眼一双手，就能准确地以微米级精度把握量具部件，被称为“为导弹制造标准的人”，其事迹可歌可泣、可敬可佩，值得书写，责无旁贷。

随后，我前往位于长治市的淮海工业集团采访，收获满满，十分庆幸！

感谢淮海工业集团领导与员工给予的关切、支持和帮助。党委副书记、纪委书记、工会主席郑永强亲自安排有关事宜，尤其是初稿完成后，他仔细认真地审阅，并提出中肯而宝贵的修改意见；工会副主席车四风，热情周到，事无巨细，安排人员与我先后交谈，他们是工会权益保障部部长李剑、四分厂钳工组组长兼工会主席牛力、党委工作部副部长王瑞、中国兵器工业集团关键技能带头人刘希、四分厂工程师晋国、人力资源部副部长南人文、四分厂副书记冯媛媛。他们是周建民的工友，并和周建民一起攻坚克难、并肩战斗，为企业的发展添砖加瓦。我通过采访有关领导和员工，对周建民有了更多更深的认识，同时感受到淮海工业集团拥有一支吃苦敬业、充满活力的高素质队伍，都对企业有着深厚的感情，在各自的岗位上勤奋敬业、任劳任怨，有这样的员工，企业怎能不一路凯歌呢！

感谢华北机电学校的领导和老师，他们带我参观了学校发展史及在学校设立的“周建民国家级技能大师工作室辅导站”。该校的前身也是周建民的母校长治技工学校，校园内处处洋溢着积极向上的氛围，墙壁上有“传承红色基因，发扬军工精神”板画；周建民国家级技能大师工作室有“精益求精，精雕细琢”“居安思危”“匠心独运”等宣传标语；学校的门口有飞机、坦克模型。学校有这样的教育方式，怎能不人才辈出呢！

感谢周建民、王茂枝夫妇，他们和我一起去了黄崖洞兵工厂旧址，路途比较远，在崇山峻岭之中，两边是悬崖峭壁。现在进山的渠道多，先驱车到山门，坐缆车到另一个山头，再坐直梯上到百米高的山顶，走上一段曲曲折折的山路，坐仿真坦克车到达黄崖洞兵工厂旧址。而当年没有现代化交通工具，不屈不挠的兵工人却创造了奇迹，生产出枪支弹药，为抗日战争的胜利作出卓越的贡献，可敬可佩。周建民给我讲了黄崖洞兵工人的精神，王茂枝讲了丈夫立足岗位、吃苦耐劳的感人故事。在黄崖洞兵工精神的鼓舞下，周建民怎能不会有硕果累累呢！

9天的采访紧张而扎实，我对一路的所观所闻有诸多感触，也一次次接受精神的洗礼，并暗暗地给自己鼓劲，一定要用手中的笔向读者更好地呈现“把一切献给党”的兵工精神及探究大国工匠周建民成长的秘籍，这是一种不可辜负的责任，唯有尽心尽力！

整整两个月的时间，我尽量使自己不被外界的烦琐事打扰，除了买菜，几乎没有出过小区大门。写作和锻炼身体成为我每天的两大组成部分，陪伴着我的是朝霞、夕阳、星辰，写累了，到健身场所去拉单杠，缓解胳膊、颈椎的疲劳，然后继续写。我坚持一个章节一个章节地推进，担心着急，干脆不看日历，直到完成初稿时，才突然发觉 2025 年新年的脚步已经近了。

我在采访中，佩服周建民的刻苦与努力，他通过双手研磨达到微米级精度，这没有长年累月的积累与磨炼，很难做到；他 40 多年如一日，在同一个岗位，做同样的工作，这是怎样的一种坚持啊！是的，周建民不是英雄，但可以与之同肩，他在各种各样的困难面前没有止步或半途而废。“不积跬步，无以至千里；不积小流，无以成江海。”周建民的成功绝非偶然，而是多年的积累和努力才得来的。

我在写稿中，感受到周建民的认真负责、踏实诚恳。我总想用最少的词语表达出最丰富的内容和内涵，这样就需要大量地采访和收集素材，从中精挑细选，力争做到言简意赅。有句俗话“挖到篮子里都是菜”，我尽力去做，整理出 40 多万字的录音文字，再加上报刊、图书、网络等关于周建民的报道，不低于百万字。虽然我逐字逐句细看，但还是有种“写时方恨少”的感觉；再者，隔行如隔山，遇到专业术语，拿捏不准，每每咨询周建民，他都有问必答，甚至还会主动地补充一些素材，让我“有米下锅”，不胜感激。

我的写作看似孤独而寂寞，但又异常丰富多彩。我在文字的海洋中遨游，熟悉了“周建民操作法”“导弹全形规”“微米级精度”，也进一步了解了“兵工精神”“工匠精神”所蕴含的深刻内涵，追求卓越的创新精神和“咬定青山不放松”的实干精神。我在写作中学习、在理解中升华，希望文字作舟，把读者送入一片蔚蓝色的大海之中，捡拾奇异的珠贝，欣赏并留存。

由于时间仓促，水平有限，文章尚有不足之处，恳请读者多多谅解！

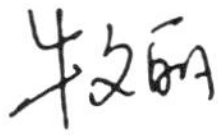

2025年小年夜